CONTOS RUSSOS

TOMO I

Lisa se mantinha cabisbaixa,
de faces em brasa,
de coração palpitante,
e não conseguia tirar-lhe
as mãos nem lhe virar as costas
enquanto seus lábios rosados
se aproximavam dela...

CONTOS RUSSOS
TOMO I

Tradução e notas:
OLEG ALMEIDA

MARTIN CLARET

SUMÁRIO

INTRODUÇÃO

OLEG ALMEIDA*

Caros amigos,

este livro é o primeiro tomo de uma grande coletânea de contos clássicos russos, elaborada pela editora Martin Claret de maneira que todos vocês possam encontrar nela obras consoantes a seus gostos e interesses. Quem ainda não tem muita familiaridade com a literatura russa, vai descobri-la por meio de seus textos mais representativos; quem já a conhece, decerto aprofundará esse conhecimento. Leiamos, para começar, as narrativas reunidas a

---

* Nascido na Bielorrúsia em 1971 e radicado no Brasil desde 2005, Oleg Almeida é poeta, ensaísta e tradutor dos idiomas russo e francês. Para a editora Martin Claret traduziu *Crime e Castigo*, *Diário do subsolo* e *O jogador*, de Dostoiévski; *Pequenas tragédias*, de Púchkin; e *O esplim de Paris: pequenos poemas em prosa*, de Baudelaire.

seguir (*A pobre Lisa*, de Nikolai Karamzin; *O tiro* e *A nevasca*, de Alexandr Púchkin; *Vyi* e *O capote*, de Nikolai Gógol) que remontam, em sua maioria, às épocas do Sentimentalismo e do Romantismo, duas escolas dominantes nas artes europeias até os meados do século XIX.

O sentimentalismo, como sugere o nome desse movimento estético, punha em primeiro plano os sentimentos, não raro exagerados, melosos e artificiais, das pessoas comuns, fossem elas pobres, mas virtuosas, ou, pelo contrário, nobres, mas corrompidas. Os requintados ingleses difundiram-no pela Europa afora e, não obstante sua reputação de um povo bem reservado, transformaram (não se assustem com o tamanho do título...) *Clarissa, ou a História de uma jovem senhora, abrangendo os mais importantes aspectos da vida privada e mostrando, em particular, os desastres que podem resultar da má conduta tanto dos pais quanto dos filhos em relação ao matrimônio,*[1] *Vida e opiniões do gentil-homem Tristram Shandy*[2] e similares romances compridos e exaltados ao extremo na leitura predileta dos cavalheiros melancólicos e damas sonhadoras. Quanto ao Romantismo, que nasceu sob a pena dos literatos alemães e obteve a máxima popularidade na Inglaterra de Lorde Byron

---

[1] Livro de Samuel Richardson (1689–1761) publicado em 1747–1748 e, quase cem anos depois, considerado por Alfred de Musset (1810–1857) "o melhor romance do mundo".

[2] Romance de Laurence Sterne (1713–1768) editado, em nove volumes, de 1759 a 1767.

e na França de Victor Hugo, ele abriu mão das expansões afetivas de seu precursor para enfocar as pessoas incomuns agindo, de modo inabitual, em circunstâncias invulgares. Foi, por assim dizer, um salto estonteante de um pomposo e perfumado salão, cuja lânguida atmosfera propiciava toda espécie de aventuras eróticas, para a imensidão de um campo sujeito à fúria dos vendavais ou para a escuridão de uma floresta cheia de feras e salteadores.

A pobre Lisa inaugura a tendência sentimentalista na literatura russa. O próprio tema desse conto — eterno conflito entre a virtude associada à modéstia e o pecado decorrente da riqueza — determina a sua intensidade emocional. Mesmo nos dias de hoje, quando o leitor se revela cada vez menos sensível aos dramas alheios, ele fica enternecido com o destino da humilde camponesa Lisa, que se apaixona pelo leviano fidalgo Erast. Fino observador das relações amorosas, Karamzin mostra-nos o abismo social que separa os amantes fadados à dolorosa ruptura, mas em momento algum insiste em criticá-lo, e isso não apenas deixa sua obra à margem do moralismo barato como também lhe dá aquela mágica aura de plena universalidade que a leva a romper os limites geográficos e temporais. Vejamos, por exemplo, como é descrito o namoro de Lisa e Erast: nada o prende à patriarcal e provinciana Moscou dos velhos tempos em que está ambientado. "As mocinhas que vendem flores (ou distribuem panfletos) na rua existem desde a criação do mundo" — parece dizer, com um sorriso sábio e triste, o autor. — "Existem também os príncipes encantados que as avistam, passando a pé (ou, quem sabe, de carro executivo), e despertam nelas paixões ardentes, mas o problema é que o príncipe vira sapo num piscar de olhos e basta um só instante para o devaneio mais lindo se tornar um pesadelo arrasador".

Os escritos de Púchkin manifestam uma inspiração romântica. Todavia, o maior dos poetas russos não segue a trilha de seus contemporâneos que imitavam os mestres ocidentais a fim de arrebatar o público com fabulosas histórias de amor e morte, coragem e perfídia, busca pela verdade e luta do bem contra o mal. A insana sede de vingança que atormenta o protagonista do primeiro conto (*O tiro*) e o poder sobrenatural do acaso que muda grotescamente a vida dos personagens do segundo (*A nevasca*) são meros pretextos para lançar um olhar arguto e penetrante sobre o lado obscuro da realidade. Falando de duelos e tempestades de neve, Púchkin não pretende causar aos seus leitores espanto nem medo, tampouco visa entretê-los com um caprichoso jogo de palavras. Sua meta consiste em alcançar certo horizonte longínquo onde a rotina cede lugar ao fascínio e a monotonia cotidiana se reveste de todas as cores do arco-íris. Ora, o único caminho para chegar lá é o da fantasia criativa e desenvolta...

A mesma atração pelo extraordinário percebe-se nos contos de Gógol. Um destes (*Vyi*) recria a lenda eslava sobre um estudante de teologia que se deparou com uma temível bruxa e, procurando vencê-la, foi sorvido pelo redemoinho de incríveis horrores; o outro (*O capote*) dirige a nossa atenção para a figura de um homem insignificante que, desprezado a ponto de ninguém reparar em sua jornada terrena, sucumbiu à cruel indiferença dos próximos e ganhou uma bizarra existência póstuma para se vingar deles. Explorando as facetas opostas de seu talento, o escritor russo abraça o gênero de terror cultuado por vários românticos[3] e, além disso, idealiza aquele tipo de "pessoas ínfimas", que se desenvolverá nos romances de Dostoiévski e Dickens, e ficará imortalizado, fora do campo literário, pelo inesquecível Carlitos.[4] Sua visão sarcástica da sociedade injusta e opressora antecipa os valores do realismo que está prestes a entrar em cena.

E agora, traçadas as linhas gerais de nossa leitura, não demoremos a iniciá-la! Que a terra hospitaleira de Púchkin e outros gênios da humanidade nos entregue a chave dos seus inestimáveis tesouros espirituais.

---

[3] Lembremos, nesse contexto, o famoso romance *Frankenstein, ou O moderno Prometeu*, de Mary Shelley, os contos de Edgar Allan Poe, que experimentou a influência do Romantismo europeu ou, para não irmos longe demais, a lúgubre *Noite na taverna*, de Álvares de Azevedo.

[4] Personagem tragicômico de Charles Spencer (Charlie) Chaplin (1889–1977), pobre homenzinho às voltas com a incompreensão e hostilidade humanas.

CONTOS RUSSOS

TOMO I

A POBRE LISA

NIKOLAI KARAMZIN

Talvez nenhum dos habitantes de Moscou conheça os arredores desta cidade tão bem quanto eu, pois ninguém vai aos campos mais vezes que eu, ninguém anda a pé mais do que eu perambulo sem plano nem meta, por onde me apetecer, pelos prados e bosques, outeiros e vales. Todo verão encontro novos sítios aprazíveis ou descubro novas belezas nos já conhecidos. Contudo, o lugar que mais me agrada é aquele em que se erguem as lúgubres torres góticas do mosteiro de S***. Do lado direito daquele cerro vê-se quase toda Moscou, o formidável amontoamento de casas e igrejas que se apresenta à vista em forma de um majestoso anfiteatro: uma paisagem maravilhosa, especialmente quando o sol a ilumina, quando seus raios vespertinos fulgem nas inúmeras cúpulas de ouro, nas incontáveis cruzes que se elevam ao céu! Embaixo se estendem as várzeas férteis e florescentes, de uma rica cor verde, e detrás delas flui pelas areias amarelas um rio claro a ondear sob os ligeiros remos dos barcos pesqueiros ou murmurar sob os timões dos pesados *strugs*[1] vindos das partes mais opulentas do Império Russo a fim de prover a cobiçosa Moscou de pão.

Na outra margem do rio avista-se um robledo[2] junto do qual pastam uns numerosos rebanhos; sentados ali, à sombra das árvores, os jovens pastores entoam seus cantos simplórios e tristes, encurtando assim os dias de estio tão monótonos para eles. A certa distância, no espesso verdor dos antigos ulmeiros, rutila o mosteiro de São Daniel com suas cúpulas de ouro; mais longe ainda, quase à beira do horizonte, ficam as azuladas colinas Vorobióvy.[3] E do lado esquerdo veem-se os espaçosos campos semeados de trigo, alguns arvoredos, três ou quatro aldeias e, bem longe, a vila de Kolômenskoie[4] com seu alto palácio.

Eu vou frequentemente àquele lugar e quase sempre saúdo lá a primavera; lá venho também nos soturnos dias outonais para compartilhar os pesares da natureza. Os ventos uivam terrivelmente entre os

---

[1] Embarcação a remo ou a vela, usada na Rússia antiga para transportar cargas e passageiros.

[2] Bosque de robles, grandes árvores seculares (também denominadas "carvalhos-alvarinhos"), típicas da Rússia e outros países do Leste europeu.

[3] Conjunto de montes localizado a sudoeste de Moscou, onde se encontram atualmente a sede da célebre Universidade Lomonóssov e um grande parque ecológico.

[4] Antiga residência dos czares situada na parte meridional de Moscou.

muros do mosteiro abandonado, em meio às sepulturas cobertas de altas ervas e nas escuras passagens das celas. Ali, encostando-me nas pedras dos túmulos arruinados, escuto o surdo gemido dos tempos sorvidos pelo vórtice do passado, gemido que faz o meu coração palpitar e tremer. Vez por outra, entro nas celas e imagino os que nelas viveram — tristonhas imagens! Aqui vislumbro um ancião de cabeça branca que se ajoelha perante um crucifixo e reza para ser logo liberto de seus grilhões terrenos, pois todos os prazeres desapareceram da sua vida, todos os seus sentimentos morreram além da sensação de doença e de fraqueza. Acolá um monge bem novo, de rosto pálido e olhar langoroso, mira o campo através da janela gradeada, vê os joviais passarinhos que flutuam, livres, no mar dos ares, e seus olhos vertem lágrimas amargas de vê-los. Angustiado, ele se definha e murcha, e o plangente tinir do sino anuncia-me sua morte precoce. Às vezes, eu examino o quadro pintado no portal do templo, o dos milagres que ocorreram nesse mosteiro: aqui os peixes caem do céu para saciar a fome dos monges cercados por numerosos inimigos; acolá a imagem da Virgem põe estes em fuga. Tudo isso renova em minha lembrança a história de nossa pátria, a triste história daqueles tempos em que os cruentos tártaros e lituanos[5] devastavam, a ferro e fogo, as redondezas da capital russa e a coitada Moscou esperava, como

[5] Trata-se das invasões de Moscou pela horda do cã tártaro Tokhtamych (1382) e pelas tropas da chamada República da Polônia e da Lituânia (1610), fatos descritos por Karamzin em sua monumental *História do Estado Russo.*

uma viúva indefesa, que só Deus a amparasse em suas atrozes calamidades.

Todavia, o que mais me atrai às muralhas do mosteiro de S*** é a recordação do lamentável destino de Lisa, da pobre Lisa. Ah, eu gosto daqueles temas que me enternecem o coração e fazem verter as lágrimas de uma meiga tristeza!

A umas setenta braças[6] do muro daquele mosteiro, ao lado de um bosquete de bétulas, no meio de um prado verde, encontra-se um casebre vazio sem portas, sem umbrais, sem assoalho, cujo telhado apodreceu, há tempos, e caiu aos pedaços. Nesse casebre morava, uns trinta anos atrás, a linda e gentil Lisa com sua velha mãezinha.

O pai de Lisa era um camponês assaz abastado, porque gostava de trabalhar, arava bem a terra e sempre levava uma vida sóbria. Mas, logo que ele morreu, sua mulher e sua filha ficaram pobres. A mão preguiçosa do assalariado lavrava mal o campo, e as colheitas de trigo escasseavam. Elas se viram, pois, obrigadas a arrendar sua gleba por uma soma muito pequena. Além disso, a pobre viúva que pranteava a morte de seu marido quase incessantemente — é que as camponesas também sabem amar! — tornava-se cada dia mais fraca e não podia mais trabalhar. Apenas Lisa, que tinha quinze anos quando seu pai faleceu, apenas Lisa penava dias e noites, sem poupar sua tenra idade

---

[6] Antiga medida de comprimento equivalente a 10 palmos (2,2 metros).

nem rara beleza: tecia panos de linho, tricotava meias, colhia flores na primavera e bagas no verão e vendia-as em Moscou. Vendo a incansabilidade da filha, a sensível e bondosa velhinha apertava-a amiúde ao seu coração débil que batia devagarinho, chamava-a de graça divina, de seu arrimo, de alegria da sua velhice, e rogava a Deus que lhe recompensasse tudo aquilo que ela fazia pela mãe.

"Deus me deu os braços para trabalhar" — dizia Lisa. — "Tu me davas de mamar no teu peito e cuidavas de mim quando eu era criança; chegou a minha vez de cuidar de ti. Só deixa de lamentar, deixa de chorar: nossos prantos não ressuscitarão o paizinho."

Mas várias vezes a terna Lisa não conseguia reter suas próprias lágrimas: ah, ela se lembrava de ter tido um pai e de tê-lo perdido, mas procurava, a fim de acalmar sua mãe, esconder o pesar do seu coração e fingir-se de serena e alegre. "É no outro mundo, minha gentil Lisa" — respondia a velhinha entristecida —, "é no outro mundo que deixarei de chorar. Dizem que lá serão todos felizes; talvez me alegre também quando vir o teu pai. Mas agora não quero morrer: o que é que será de ti sem mim? Com quem te abandonarei? Não, faça Deus que antes eu te arrume um bom lugar! Quem sabe se não aparecerá em breve um homem bondoso? Então vou abençoá-los, meus filhos queridos, farei o sinal da cruz e tranquilamente me deitarei na cova úmida."

Passaram-se dois anos após a morte do pai de Lisa. Os prados se cobriram de flores, e Lisa foi a

Moscou vender lírios-brancos. Um homem jovem, bem-apessoado e bem-vestido, encontrou-a numa das ruas. Ela mostrou-lhe as flores e ficou toda corada. "Tu as vendes, mocinha?" — perguntou ele, sorrindo. "Vendo, sim" — respondeu ela. "E quanto é que elas custam?" — "Cinco copeques."[7] — "São baratas demais. Toma aí um rublo." Pasmada, Lisa se atreveu a olhar para aquele jovem, corou mais ainda e, baixando os olhos ao chão, disse-lhe que não tomaria seu rublo. "Mas por quê?" — "Não quero o que não me cabe." — "Eu acho que esses belos lírios colhidos pelas mãos de uma bela moça valem bem este rublo. Mas desde que não o tomes, eis aqui teus cinco copeques. Eu gostaria de comprar tuas flores sempre; gostaria que tu as colhesses só para mim." Lisa entregou as flores, tomou os cinco copeques, cumprimentou o desconhecido e já queria retirar-se, mas ele a pegou pelo braço e fê-la parar: "Aonde é que vais, mocinha?" — "Vou para casa." — "E onde é tua casa?" Lisa disse onde morava e foi embora. O jovem não quis detê-la, talvez porque os passantes começaram a parar e a fitá-los com sorrisos maldosos.

Ao retornar para casa, Lisa contou à sua mãe o que se dera com ela. "Fizeste bem em recusar o rublo. Talvez fosse um homem mau..." — "Ah, não, mãezinha! Não penso assim. Ele tem um semblante tão bom, uma voz tão..." — "No entanto, Lisa, é melhor vivermos de nossos esforços, sem receber nada de graça. Ainda não

---

[7] Moeda russa equivalente a 1/100 do rublo.

sabes, minha querida, como a gente má pode ofender uma pobre moça! Meu coração sempre está inquieto quando tu vais à cidade; eu sempre coloco uma vela perante o ícone e rezo para que Deus nosso Senhor te resguarde de todo mal e perigo." As lágrimas umedeceram os olhos de Lisa; ela beijou sua mãe.

No dia seguinte, Lisa colheu os melhores lírios e foi outra vez à cidade. Seus olhos buscavam algo de mansinho.

Várias pessoas queriam comprar suas flores, mas ela respondia que não as vendia e olhava ora para um lado ora para o outro. Anoiteceu e, devendo voltar para casa, ela jogou as flores no rio Moscovo. "Que ninguém as possua!" — disse Lisa, sentindo uma certa tristeza em seu coração.

Outro dia, ela estava sentada, de tardezinha, perto da janela, fiava e cantava, em voz baixa, lastimosas cantigas, mas de repente se levantou num pulo e gritou: "Ah!..." O jovem desconhecido estava sob a janela.

"O que tens?" — perguntou, com susto, a mãe que estava sentada ao lado dela. "Nada, mãezinha" — respondeu Lisa com uma voz tímida. — "Acabei de vê-lo." — "Quem foi?" — "Aquele senhor que comprou minhas flores." A velha olhou da janela.

O jovem saudou-a tão cortesmente, com uma expressão tão agradável, que ela não pôde pensar a seu respeito nada que fosse ruim. "Boa tarde, amável velhinha!" — disse ele. — "Estou muito cansado. Não tem, por acaso, leite fresco?". Sem aguardar a resposta de sua mãe (talvez por sabê-la de antemão),

Lisa foi correndo ao porão e, prestativa que era, trouxe um pote limpo, coberto por uma limpa rodela de madeira, pegou um copo, lavou-o e enxugou-o com uma toalha branca, pôs leite nele e passou o copo pela janela, olhando, ela mesma, para o chão. O desconhecido bebeu: nem o néctar servido pelas mãos de Hebe[8] lhe pareceria mais saboroso. Cada um adivinhará que, feito isso, ele agradeceu a Lisa e agradeceu-lhe mais com olhares do que com palavras.

Entrementes a velhinha teve o tempo de contar-lhe, cheia de bonomia, sobre a sua desgraça e o seu consolo, sobre a morte do marido e as gentis qualidades da filha, sobre a laboriosidade e a ternura desta, etc., etc. Ele a escutava com atenção, mas seus olhos estavam... é preciso dizer onde? E Lisa, a tímida Lisa, lançava por vezes uma olhadela para o jovem; contudo, um relâmpago fulgura e some num nimbo menos veloz do que seus olhos azuis se volviam para o chão de encontrarem os dele. "Eu gostaria" — disse o jovem à mãe — "que sua filha não vendesse o trabalho dela a ninguém senão a mim. Desse modo, ela não precisará ir com frequência à cidade, e você não ficará, por necessidade, longe da filha. Eu mesmo posso visitá-las de vez em quando." Então nos olhos de Lisa brilhou uma alegria que ela debalde tentaria dissimular; suas faces enrubesceram como o arrebol de uma clara tarde

---

[8] Na mitologia grega, a deusa da juventude encarregada de servir manjares sobrenaturais (ambrosia e néctar) nos festins dos deuses olímpicos.

estival; ela ficou mirando a sua manga esquerda que beliscava com a mão direita. A velhinha aceitou essa proposta de bom grado, sem vislumbrar nela nem sombra de más intenções, e assegurou ao desconhecido que tanto os panos tecidos por Lisa quanto as meias por ela tricotadas eram ótimos e poderiam ser usados mais tempo que quaisquer outros.

A tarde ia caindo, e o jovem já queria ir embora. "Mas como o chamaríamos, senhorzinho bondoso e carinhoso?" — perguntou a velha. "Eu me chamo Erast" — respondeu ele. "Erast" — disse baixinho Lisa —, "Erast!" Ela repetiu esse nome umas cinco vezes, como se procurasse decorá-lo. Erast se despediu delas até o próximo encontro e foi embora. Lisa acompanhava-o com os olhos, e sua mãe, toda meditativa, tomou a mão da filha e disse-lhe: "Ah, Lisa! Como ele é bom e generoso! Se teu noivo fosse assim!" O coração de Lisa estremeceu todo. "Mãezinha, mãezinha! Seria isso possível? Ele é um senhor, e dentre os camponeses..." Lisa não terminou sua fala.

Agora o leitor precisa saber que esse jovem chamado Erast era um fidalgo bastante rico, dotado de vasta inteligência e bom coração, bom por natureza, mas fraco e leviano. Ele levava uma vida desregrada, pensava apenas em seus prazeres, buscava-os nos divertimentos mundanos, mas amiúde não os achava; entediado, queixava-se do seu fado. Quando do primeiro encontro, a beleza de Lisa impressionou-lhe o coração. Ele lia romances e idílios, tinha uma imaginação assaz viva e, muitas vezes, transferia-se mentalmente para aquelas épocas (reais ou inventadas) em que, dando-se crédito aos poetas, todas as pessoas andavam, indolentes, pelos prados, banhavam-se nas límpidas fontes, beijavam uma à outra como as rolas, repousavam em meio às rosas e murtas, e passavam todos os seus dias numa ditosa ociosidade. Parecia-lhe ter achado em Lisa aquilo que seu coração procurava havia tempos. "A natureza me convida para os seus braços, chama-me para as suas puras alegrias" — pensou ele e resolveu deixar a alta-roda, ao menos temporariamente.

Voltemos a Lisa. Veio a noite; a mãe benzeu sua filha e desejou-lhe doces sonhos, mas dessa vez seu voto não se realizou: Lisa dormiu muito mal. O novo hóspede da sua alma, o semblante de Erast, apresentava-se-lhe tão vivamente que ela acordava quase a cada minuto e suspirava acordada. Antes ainda que o sol nascesse, Lisa se levantou, desceu para a margem do rio Moscovo, sentou-se na relva e, acabrunhada, ficou olhando para a neblina branca que ondeava no ar e, subindo, deixava brilhantes respingos no manto verde da paisagem. O silêncio reinava por toda a parte. Mas logo o nascente astro diurno despertou toda a criação: os bosques e arbustos reanimaram-se, os passarinhos se puseram a voar e a cantar, as flores ergueram suas cabecinhas para se saciar com vivificantes raios da luz. Mas Lisa permanecia aflita. Ah, Lisa, Lisa! O que acontecera contigo? Antes daquele dia, ao acordar com os passarinhos, tu te alegravas, de manhã, junto deles, e tua alma pura e jovial fulgurava em teus olhos, semelhante ao sol que fulgura nas gotas do orvalho celeste; porém estás pensativa agora, e a alegria geral da natureza está alheia ao teu coração. Nesse ínterim, um jovem pastor guiava seu rebanho pela margem do rio, tocando uma flauta de Pã.[9] Lisa dirigiu seu olhar para ele e pensou: "Se o homem que ocupa agorinha os meus pensamentos tivesse nascido um simples camponês ou pastor, e se ele guiasse, neste momento, seu rebanho tão perto de mim, ah, eu o saudaria sorrindo e diria afavelmente: 'Bom dia, gentil pastorzinho! Aonde é que levas o teu rebanho? Aqui também há capim verde para as tuas ovelhas; aqui também há flores rubras de que se pode fazer uma grinalda para o teu chapéu.' Ele olharia para mim, carinhoso, e pegaria, talvez, minha mão... Que sonho!" Tocando a flauta, o pastor passou diante dela e desapareceu, com seu variegado rebanho, detrás do próximo cerro.

De súbito, Lisa ouviu o barulho dos remos, olhou para o rio, avistou uma barca e viu, nessa barca, Erast.

Todas as suas veias ficaram trêmulas, e não foi, com certeza, por medo. Ela se levantou, quis retirar-se, porém não pôde. Erast saltou na margem do rio, achegou-se a Lisa, e o sonho dela tornou-se, em parte, realidade, já que ele a mirou, carinhoso, pegou-lhe a mão. E Lisa... Lisa se mantinha cabisbaixa, de faces em brasa, de coração palpitante, e não conseguia tirar-lhe

---

[9] Na tradição greco-romana, ente antropomorfo, metade humano metade caprino, que protegia os pastores e seus rebanhos.

as mãos nem lhe virar as costas enquanto seus lábios rosados se aproximavam dela... Ah! Ele beijou-a, beijou com tamanho ardor que o universo inteiro lhe pareceu tomado de chamas! "Querida Lisa!" — disse Erast. — "Minha querida Lisa! Eu te amo!", e essas palavras repercutiram no fundo de sua alma como uma admirável música divinal. Ela mal ousava acreditar em seus ouvidos e...

Mas eu largo o meu pincel. Direi tão somente que, nesse momento de êxtase, a timidez de Lisa sumiu, e Erast ficou sabendo que era amado, apaixonadamente amado por um coração novo, puro, aberto.

Eles estavam sentados na relva, de modo que pouco espaço os apartava, miravam-se olhos nos olhos, diziam: "Ama-me!", e duas horas lhes pareceram a ambos um só instante. Lisa recordou, afinal, que sua mãe podia preocupar-se com sua ausência. Seria preciso que eles se separassem. "Ah, Erast!" — disse ela. — "Tu me amarás sempre?" — "Sempre, querida Lisa, sempre!" — respondeu ele. "E tu podes jurar-me isso?" — "Posso, amável Lisa, posso!" — "Não! Não necessito de juramentos. Eu acredito em ti, Erast, acredito. Será que vais enganar a pobre Lisa? Pois isso não pode acontecer?" — "Não pode, não, minha querida Lisa!" — "Como estou feliz, e como a mãezinha ficará alegre quando souber que tu me amas!" — "Ah, não, Lisa! Não deves dizer nada a ela." — "Por quê?" — "As pessoas velhas são incrédulas. Ela imaginará uma coisa ruim." — "Não, impossível." — "Peço-te, todavia, que não lhe digas uma palavra a respeito disso." — "Está bem: é preciso que te obedeça, mesmo que não queira esconder nada dela."

Os jovens se despediram, trocaram os últimos beijos e combinaram que iriam encontrar-se todos os dias, de tardezinha, na margem do rio, no bosquete de bétulas ou algures perto do casebre de Lisa — encontrar-se sem falta nem condição. Lisa foi embora, mas seus olhos se voltaram cem vezes para Erast, que permanecia plantado na margem, acompanhando-a com olhares.

Regressando Lisa ao casebre, seu humor estava bem diferente daquele que ela tinha ao sair de lá. Seu rosto e todos os seus movimentos manifestavam uma cordial alegria. "Ele me ama!" — pensava ela e adorava tal pensamento. "Ah, mãezinha!" — disse Lisa à sua mãe que acabava de acordar. — "Ah, mãezinha! Que bela manhã! Como está tudo alegre no campo! Nunca as cotovias cantaram tão bem, nunca o sol teve tamanho brilho nem as flores um cheiro tão agradável!" Apoiando-se num cajado, a velhinha foi até o prado para se deliciar com a manhã que Lisa havia pintado com tintas tão fascinantes. A manhã lhe pareceu, realmente, muito agradável: a alegria da gentil filha animava, para ela, toda a paisagem. "Ah, Lisa!" — disse a mãe. — "Como é boa toda a criação de Deus nosso Senhor! Vai para sete décadas que vivo neste mundo, mas ainda não me cansei de ver as obras divinas, não me cansei de ver aquele céu límpido, que se parece com um tendilhão alto, e esta terra que se cobre, todos os anos, de novas ervas e novas flores.

Se o rei celeste não amasse tanto o homem, não teria embelezado assim para ele o mundo terreno. Ah, Lisa! Quem desejaria morrer, se não houvesse males aqui, vez por outra?... Talvez deva ser desse jeito. Nós esqueceríamos, quiçá, nossa alma, se nossos olhos jamais derramassem lágrimas." E Lisa pensou: "Ah! Antes esqueceria minha alma do que meu amigo querido!"

Depois disso Erast e Lisa, que temiam descumprir suas promessas, viam-se todo entardecer (indo a mãe de Lisa deitar-se) ou na margem do rio ou no bosquete de bétulas, mas sobretudo à sombra dos robles seculares (a umas oitenta braças do casebre), robles que sombreavam uma lagoa profunda e limpa, cavada ainda nos tempos antigos. Ali os raios da lua silenciosa argentavam amiúde, passando através dos ramos verdes, os louros cabelos de Lisa com que brincavam os zéfiros e a mão de seu namorado; volta e meia esses raios alumiavam, nos olhos da terna Lisa, a fúlgida lágrima de amor, sempre secada pelo beijo de Erast. Eles se abraçavam, porém a casta e pudica Cíntia[10] não se escondia deles atrás da nuvem: puros e cândidos eram os seus abraços. "Quando tu..." — dizia Lisa a Erast —, "quando tu me dizes: 'Amo-te, minha querida!', quando me apertas ao teu coração e olhas para mim com esses teus olhos tão carinhosos, ah, então eu me sinto tão bem, mas tão bem que me esqueço de mim e de tudo, menos de Erast. Estranho! É estranho,

[10] Na mitologia romana, divindade (mais conhecida como Diana) que personificava a Lua.

meu amigo, que eu tenha podido viver tranquila e alegre sem te conhecer! Agora não compreendo isso, agora penso que viver sem ti não é uma vida, mas, sim, a tristeza e o tédio. Sem teus olhos a lua clara escurece; sem tua voz o rouxinol que canta é enfadonho; sem teu alento a aragem me desagrada." Erast admirava a sua pastora — assim ele chamava Lisa — e, vendo como ela o amava, gostava mais de si mesmo. Todas as brilhantes diversões da alta-roda pareciam-lhe mesquinhas em comparação àqueles prazeres com que a amizade apaixonada de uma alma ingênua nutria o seu coração. Ele pensava com asco na desprezível volúpia que antes lhe saciava os sentidos. "Eu viverei com Lisa qual o irmão com sua irmã" — cogitava ele —, "não usarei o amor dela para o mal e sempre estarei feliz!" Ó jovem insensato! Será que conheces o teu coração? Será que sempre estás responsável pelos teus ímpetos? Será que o juízo impera sempre os teus sentimentos?

Lisa solicitava que Erast visitasse frequentemente a mãe dela. "Eu a amo" — dizia ela — "e desejo o seu bem, mas me parece que ver-te é uma felicidade para qualquer pessoa." De fato, a velhinha sempre se alegrava quando o revia. Ela gostava de conversar com ele sobre o finado marido e de contar-lhe sobre os dias da sua juventude e o primeiro encontro com o amado Ivan, como ele se enamorara dela e quais eram o amor e o acordo em que o casal passara a viver. "Ah! Jamais nos cansávamos de olhar um para o outro, até aquela hora em que a morte atroz lhe ceifou a vida. Ele morreu nos meus braços!" Erast a ouvia com um sincero prazer. Comprava-lhe os trabalhos de Lisa e sempre queria pagar o décuplo do preço que ela pedia, mas a velhinha nunca aceitava mais dinheiro.

Passaram-se, desse modo, algumas semanas. Uma noite Erast ficou muito tempo à espera de sua Lisa. Enfim ela veio, mas tão abatida que ele levou um susto: seus olhos estavam vermelhos de choro. "Lisa, Lisa! O que é que se deu contigo?" — "Ah, Erast! Estava chorando!" — "Por quê? O que houve?" — "Preciso dizer-te tudo. Um moço, filho de um rico camponês da aldeia vizinha, pede-me em casamento, e a mãezinha quer que me case com ele." — "E tu concordas?" — "Cruel! Será que podes perguntar isso? Sim, tenho dó da mãezinha: ela chora e diz que eu não desejo o seu sossego e que ela estará aflita, na hora da morte, se não conseguir, ainda viva, que eu me case. Ah, a mãezinha não sabe que tenho um amigo querido assim!" Erast beijava Lisa e dizia que a felicidade dela lhe era mais cara que tudo no mundo, que ele a levaria, quando a mãe falecesse, para a sua casa e viveria com ela inseparavelmente, no campo ou numa floresta selvagem como no paraíso. "Não podes, todavia, ser meu marido!" — disse Lisa com um fraco suspiro. "Mas por quê?" — "Sou camponesa." — "Tu me magoas. O que mais importa para o teu amigo é tua alma, tua sensível e inocente alma, e Lisa será, para sempre, a pessoa mais próxima do meu coração."

Ela se atirou em seus braços, e nessa hora a virgindade estava fadada a sucumbir! Erast sentia uma comoção incomum em seu sangue: jamais Lisa lhe parecera tão linda; jamais as carícias dela o tinham emocionado com tanta força; jamais seus beijos haviam sido tão calorosos — ela não sabia nada, de nada suspeitava, nada temia; as trevas da noite alimentavam os desejos; nenhuma estrela brilhava no céu, nenhum raio de luz podia curar a cegueira. Erast sentia tremores; Lisa também, sem saber o porquê, sem saber o que lhe acontecia... Ah, Lisa, Lisa! Onde está o teu anjo da guarda? Onde está a tua pureza?

A cegueira passou num só minuto. Lisa não entendia os seus sentimentos e, assombrada, fazia perguntas. Erast estava calado — buscava as palavras, mas não as achava. "Ah, tenho medo" — dizia Lisa —, "tenho medo daquilo que ocorreu conosco! Eu pensava que estivesse morrendo, que minha alma... Não, não consigo dizer aquilo!... Estás calado, Erast? Estás suspirando?... Meu Deus! O que é isso?" Nesse momento fulgiu um raio e ribombou o trovão. Lisa ficou toda trêmula. "Erast, Erast!" — disse ela. — "Estou com medo! Com medo de que o trovão me mate como uma criminosa!" A tempestade rugia ameaçadora, a chuva caía, torrencial, dos nimbos negros; a própria natureza parecia lamentar a inocência perdida de Lisa. Tentando acalmar Lisa, Erast a acompanhou até o casebre. As lágrimas rolavam dos seus olhos, quando ela se despedia do jovem. "Ah, Erast! Assegura-me que estaremos felizes como antes!" — "Estaremos, sim, Lisa!" — respondeu ele. — "Queira-o Deus! Não posso desconfiar das tuas palavras: é que eu te amo! Contudo, no meu coração... Mas chega! Adeus! Amanhã, amanhã nos veremos."

Eles continuavam a encontrar-se, mas como tudo havia mudado! Erast já não podia contentar-se apenas com as carícias ingênuas de sua Lisa, apenas com seus olhares cheios de amor, apenas com um toque de mão, um beijo, um casto abraço. Ele queria mais, mais ainda, e acabou por deixar de querer qualquer coisa que fosse: quem conhece o seu coração, quem tem refletido acerca da qualidade dos seus maiores prazeres, concordará certamente comigo que a saciação de todos os desejos é a mais perigosa das tentações do amor. Lisa já não era, para Erast, aquele anjo de virgindade que antes lhe inflamava a imaginação e fascinava a alma. O amor platônico[11] cedera lugar aos sentimentos de que o jovem não podia sentir orgulho e que não lhe eram mais novos. Quanto a Lisa, ela vivia e respirava tão só para ele, depois de se lhe entregar totalmente, obedecia, como uma ovelhinha, à sua vontade e encontrava sua felicidade nos gozos dele. Percebia como ele mudara e amiúde lhe dizia: "Antes estavas mais alegre, antes estávamos mais calmos e felizes, e antes eu não temia tanto perder teu amor!" Às vezes, despedindo-se dela, o jovem lhe dizia: "Amanhã, Lisa, não poderei encontrar-me contigo: tenho um negócio importante", e, toda vez que ouvia essas palavras, Lisa suspirava.

---

[11] Sentimento sublime, alheio a prazeres carnais.

Por fim, Lisa estava preocupadíssima: fazia já cinco dias seguidos que não via Erast. No sexto dia ele apareceu, de semblante triste, e disse: "Amada Lisa! Precisarei afastar-me de ti por um tempo. Tu sabes que estamos em guerra; eu sou do exército e meu regimento parte para a campanha." Lisa ficou pálida e quase desmaiou.

Acariciando-a, Erast disse que sempre amaria a querida Lisa e que esperava, ao retornar, nunca mais se separar dela. Lisa passou muito tempo calada, depois rompeu em amargos prantos, pegou-lhe a mão e, mirando-o com toda a ternura de seu amor, perguntou: "Tu não podes ficar?" — "Posso" — respondeu ele —, "mas com a maior infâmia, com o maior labéu para a minha honra. Todos vão desprezar-me; todos vão rejeitar-me como um covarde, como um indigno filho de nossa pátria." — "Ah, se for assim" — disse Lisa —, "vai então, vai aonde Deus o mandar! Mas tu podes morrer!" — "Não temo morrer pela pátria, amada Lisa." — "Eu também morrerei, tão logo deixares o mundo." — "Por que pensas dessa maneira? Espero que permaneça vivo, espero que torne a ver-te, meu bem." — "Queira-o Deus! Queira-o Deus! Toda dia, toda hora eu rezarei para que assim seja. Ah, por que é que não sei ler nem escrever? Tu me contarias tudo o que ocorresse contigo, e eu lhe escreveria sobre as minhas lágrimas!" — "Não, cuida-te, Lisa, guarda-te para o teu namorado. Não quero que fiques sem mim chorando." — "Ó cruel homem! Buscas privar-me desse alívio também? Não! Longe de ti, só deixarei de chorar quando se ressecar o meu coração." — "Pensa, pois, no prazente momento em que nos veremos de novo." — "Vou, sim, vou pensar nele! Ah, que esse momento venha mais rápido! Meu querido, amado Erast! Lembra, lembra a tua pobre Lisa que te ama mais do que a si mesma!"

Mas eu não consigo descrever tudo o que eles disseram nessa ocasião. No dia seguinte teriam o derradeiro encontro.

Erast quis despedir-se também da mãezinha de Lisa, a qual não soube conter as lágrimas, ouvindo dizer que o bonito e carinhoso senhorzinho devia partir para a guerra. Ele a obrigou a tomar-lhe algum dinheiro, acrescentando: "Não quero que Lisa venda, em minha ausência, o trabalho que me pertence conforme o nosso acordo." A velhinha cobriu-o de bênçãos. "Faça nosso Senhor" — disse ela — "que você retorne dali são e salvo, e que eu te veja mais uma vez nesta vida! Talvez minha Lisa encontre, nesse meio-tempo, um noivo de que ela goste. Como eu agradeceria a Deus se você voltasse antes do casamento! E quando Lisa tiver filhos, saiba, meu senhorzinho, que lhe cumprirá ser o padrinho deles! Ah, eu queria tanto viver até lá!" Em pé junto de sua mãe, Lisa nem ousava olhar para ela. O leitor pode imaginar com facilidade o que ela sentia nesse momento.

Mas o que foi que ela sentiu quando Erast, abraçando-a pela última vez, apertando-a pela última vez ao seu coração, disse: "Adeus, Lisa..."? Que cena pungente! A aurora da manhã se espalhava, igual a um mar rubro, pelo lado oriental do céu. Postado debaixo dos galhos do alto roble, Erast segurava em seus braços a pobre, desfalecente, tristonha amada que, despedindo-se dele, dizia adeus à sua própria alma. Toda a natureza estava silenciosa.

Lisa soluçava; chorando, Erast a deixou; ela caiu de joelhos, ergueu os braços ao céu e ficou olhando para Erast que se afastava, cada vez mais, e acabou desaparecendo. O sol brilhou e, abandonada, a pobre Lisa perdeu os sentidos e a consciência.

Ela se recompôs, e o mundo lhe pareceu tedioso e triste. Todas as graças da natureza sumiram, com o amado, de seu coração. "Ah!" — pensou ela. — "Por que é que fiquei neste ermo? O que é que me impede de ir voando atrás do querido Erast? A guerra não me dá medo; medonho é ficar lá onde meu amado não estiver. Quero viver com ele, morrer com ele ou salvar, com a minha morte, a sua preciosa vida. Espera, espera, amado, que vou voando!" Ela já queria correr atrás de Erast, mas a ideia: "Eu tenho a mãe!" fê-la parar. Lisa suspirou e, de cabeça baixa, foi a passos lentos até o seu casebre. Desde aquela hora, seus dias estavam cheios de saudade e de tristeza, e, como ela devia escondê-las da terna mãe, seu coração sofria ainda mais! O alívio só vinha quando, recolhendo-se no fundo da floresta, Lisa ficava à vontade para verter lágrimas e lamentar a separação do amado. Diversas vezes uma tristonha rola unia a sua voz dolorosa aos seus queixumes. Mas, vez por outra (se bem que mui raramente), um raio dourado de esperança, um raio de consolação alumiava as trevas de seu pesar. "Como ficarei feliz quando ele voltar para mim! Como tudo mudará!" Seu olhar clareava com tal pensamento, as rosas de suas faces refrescavam-se, e Lisa sorria qual uma manhã de maio após uma noite tempestuosa. Desse modo, passaram-se quase dois meses.

Um dia, Lisa devia ir a Moscou para comprar a água de rosas com que sua mãe tratava os olhos. Numa das grandes ruas ela se deparou com uma esplêndida carruagem e avistou, nessa carruagem, Erast. "Ah!" — gritou Lisa e atirou-se em direção a ele, mas a carruagem passou na sua frente e entrou num pátio. Erast saiu e já ia subir a escadaria de uma enorme casa quando se viu, de repente, nos braços de Lisa. Ele empalideceu; a seguir, sem dizer uma só palavra em resposta às exclamações dela, pegou-lhe a mão, levou-a ao seu gabinete, trancou a porta e disse: "Lisa! As circunstâncias mudaram: sou noivo e vou casar-me. Tu deves deixar-me em paz e, para o teu próprio sossego, esquecer-me. Eu te amava e amo ainda, ou seja, eu te desejo todo o bem possível. Eis aqui cem rublos; toma-os..." — ele colocou o dinheiro no bolso dela —, "permite que te beije pela última vez e vai para casa." Antes que Lisa se recobrasse, Erast a levou embora do gabinete e disse ao seu criado: "Conduz essa moça para fora."

Meu coração se banha em sangue neste momento. Esqueço-me de Erast ser gente, estou prestes a amaldiçoá-lo, porém a minha língua não se move: olho para ele, e uma lágrima me desliza pelo rosto.

Ah, por que não escrevo um romance e, sim, uma triste verdade?

Erast, pois, enganou Lisa, dizendo-lhe que partia para a batalha? Não, ele realmente esteve no exército, mas, em vez de lutar contra o inimigo, ficou jogando cartas e perdeu quase todo o seu patrimônio. As pazes foram feitas em breve, e Erast regressou a Moscou onerado de dívidas. Restava-lhe apenas um meio de melhorar suas circunstâncias: casar-se com uma viúva já vivida e rica que estava, havia tempos, interessada nele. Erast resolveu fazê-lo, mudando-se para a casa dessa viúva e dedicando um franco suspiro à sua Lisa. Será que tudo isso pode escusá-lo?

Lisa ficou em plena rua, num estado que nenhuma pena seria capaz de descrever. "Ele... ele me expulsou? Ele ama outra mulher? Estou perdida!" — eis como eram seus pensamentos e sentimentos! Um profundo desmaio interrompeu-os por algum tempo. Uma bondosa mulher, que passava por aquela rua, inclinou-se sobre Lisa prosternada no solo, tentando acordá-lo. A infeliz abriu os olhos, levantou-se com a ajuda da boa mulher, agradeceu-lhe e foi embora, sem saber para onde. "Eu não posso viver" — pensava Lisa —, "não posso!... Oh, se o céu tombasse em cima de mim! Se a terra deglutisse esta pobre moça!... Não! Nem o céu tomba nem a terra se mexe! Ai de mim!" Ela saiu da cidade e, repentinamente, viu-se na margem da funda lagoa, à sombra dos velhos robles que, algumas semanas antes, testemunhavam, silenciosos, os seus arroubos. Essa lembrança lhe comoveu a alma; um sofrimento terribilíssimo do coração exprimiu-se no rosto dela. Contudo, minutos mais tarde, ela mergulhou em certa meditação, olhou ao redor, avistou a filha de seu vizinho (uma garota de quinze anos) que caminhava pela estrada, chamou-a, tirou do bolso dez imperiais[12] e entregou-os a ela, dizendo: "Cara Aniuta,[13] gentil amiga! Leva este dinheiro para a mãezinha — não o furtei, não! — e diz que Lisa tem culpa perante ela, pois lhe escondeu seu amor por um homem cruel, por E... Mas não importa o nome. Diz que ele me traiu; pede que a mãe me perdoe, seja Deus seu amparo; beija a mão dela como eu beijo agora a tua e diz que a pobre Lisa mandou beijá-la... diz que eu..." Aí ela se arrojou na água. Aniuta se pôs a gritar, a chorar, mas não pôde salvá-la; então foi correndo à aldeia, vieram muitas pessoas e retiraram Lisa da água, mas ela já estava morta.

Assim acabou a vida daquela moça de bela alma e lindo corpo. Quando nos virmos ali, na vida futura, hei de reconhecer-te, terna Lisa!

Sepultaram-na perto da lagoa,[14] ao pé de um roble sombrio, e puseram uma cruz de madeira em seu túmulo. Aqui fico sentado frequentemente, encostando-me, pensativo, neste jazigo dos restos

---

[12] Antiga moeda russa de ouro, cunhada de 1755 a 1805 e equivalente a dez rublos.
[13] Forma diminutiva e carinhosa do nome Anna.
[14] A dita Lagoa de Lisa existia, nos arredores do mosteiro moscovita de São Simão, até 1932, quando ficou aterrada para dar espaço a uma usina de equipamentos elétricos.

mortais de Lisa; a lagoa ondeia-me dentro dos olhos, e a folhagem sussurra acima de minha cabeça.

A mãe de Lisa soube da terrível morte de sua filha, e seu sangue se congelou de pavor e seus olhos se fecharam para sempre. O casebre ficou vazio. O vento uiva nele, e os camponeses supersticiosos dizem, ouvindo de noite aquele barulho: "Lá geme um morto; lá geme a pobre Lisa!"

Erast permaneceu infeliz pelo resto de sua vida. Ciente do destino de Lisa, estava inconsolável e considerava-se assassino. Eu o conheci um ano antes de sua morte. Ele mesmo me contou esta história e levou-me até o sepulcro de Lisa. Agora, quem sabe, eles já estão reconciliados!

O TIRO

ALEXANDR PÚCHKIN

Trocamos tiros...
Baratýnski[1]

Eu jurei que o mataria por direito de duelos
(ele me devia ainda um tiro)... Noite no bivaque[2]

I

Nosso regimento estava no lugarejo de ***. Sabe-se como vive um oficial do exército. Pela manhã, manobras no picadeiro; mais tarde, almoço na casa do coronel ou numa taberna de judeus; de noite, ponche e baralho. No lugarejo de *** não havia nenhuma

[1] A primeira epígrafe do conto é do poema "O baile", de Evguêni Baratýnski (1800–1844), contemporâneo e amigo de Púchkin.
[2] A segunda epígrafe é da novela *Noite no bivaque*, de Alexandr Bestújev-Marlínski (1797–1837), escritor de inspiração romântica.

família hospitaleira, nenhuma noiva ao alcance da vista; nós íamos um à casa do outro onde não víamos nada além dos nossos uniformes.

Apenas um homem pertencia ao nosso círculo sem ser militar. Ele tinha em torno de trinta e cinco anos, portanto nós o considerávamos um velho. Suas experiências de vida conferiam-lhe, entre nós, diversas vantagens; ademais, seu semblante, de ordinário sombrio, seu gênio forte e sua língua ferina exerciam grande influência sobre as nossas mentes jovens. Certo mistério envolvia o seu destino; ele parecia ser russo, mas tinha um nome estrangeiro. Outrora havia servido no corpo de hussardos[3] e até mesmo com êxito; ninguém sabia que motivo o incitara a reformar-se e vir morar num pobre arraial, onde ele levava uma vida modesta e, ao mesmo tempo, pródiga, andando sempre a pé, usando uma surrada sobrecasaca preta e mantendo uma mesa aberta para todos os oficiais de nosso regimento. Na verdade, o almoço dele compunha-se de dois ou três pratos feitos por um soldado reformado, mas, em compensação, o champanhe ali fluía que nem um rio. Ninguém sabia de que patrimônio ele dispunha, nem que renda apurava, e ninguém se atrevia a interrogá-lo a respeito disso. Ele tinha vários livros, em sua maioria as obras militares e os romances; emprestava-os com todo o gosto, mas nunca os reclamava de volta, por isso os

[3] Cavalaria ligeira que existia, no século XIX, em vários países europeus, inclusive na Rússia.

leitores não lhe devolviam os livros emprestados. O principal exercício dele consistia em disparar sua pistola. As paredes do seu quarto estavam todas crivadas de balas, todas esburacadas, semelhantes aos favos de uma colmeia. Uma rica coleção de pistolas era o único luxo da pobre casinhola onde aquele homem morava. Sua pontaria era fabulosa, e, se ele tivesse proposto derrubar, com um tiro, uma pera do quepe de qualquer um dentre nós, nenhum oficial de nosso regimento teria hesitado em oferecer-lhe sua cabeça. Nossas conversas se referiam amiúde aos duelos, mas Sílvio (vou chamá-lo assim) nunca se intrometia nelas. Indagado se já lhe acontecera participar de um duelo, respondia secamente que sim, sem entrar nos detalhes, e dava para ver que essas perguntas lhe desagradavam. Nós achávamos que havia, em sua consciência, uma vítima infeliz de sua terrível arte. Aliás, nem sequer nos acudia a ideia de vislumbrar nele algo parecido à covardia. Há pessoas cuja aparência afasta, por si só, tais suspeitas. Um caso imprevisto surpreendeu-nos a todos.

Uma dezena de nossos oficiais almoçava, um dia, na casa de Sílvio. Bebíamos como de praxe, isto é, a cântaros; depois do almoço passamos a pedir que o anfitrião nos fizesse a banca. Ele se negou por muito tempo, visto que não jogava quase nunca; finalmente, mandou trazer o baralho, pôs uns cinquenta rublos em cima da mesa e começou a distribuir as cartas. Ao rodeá-lo, travamos o jogo. Sílvio costumava manter um absoluto silêncio na hora do jogo, jamais discutia nem se explicava. Se um dos participantes errava de cálculo, ele saldava logo a diferença ou anotava a sobra. Nós já estávamos a par disso e não o impedíamos de agir à sua maneira; contudo, havia em nosso meio um oficial pouco antes transferido para o regimento. Jogando conosco, ele fez, por distração, uma cartada errônea. Sílvio tomou o giz e equilibrou as contas segundo o seu hábito. O oficial pensou que Sílvio se enganara e pediu-lhe explicações. Calado, Sílvio continuava a dar as cartas. Perdendo a paciência, o oficial pegou uma escova e removeu aquilo que lhe parecia escrito por erro. Sílvio pegou o giz e fez a mesma anotação. Excitado por vinho, jogo e riso dos companheiros, o oficial se achou cruelmente ofendido, empunhou um castiçal de cobre que estava na mesa e, furioso, lançou-o em Sílvio, que mal conseguiu esquivar-se do golpe. Ficamos embaraçados. Pálido de raiva, de olhos fulgentes, Sílvio se levantou e disse: "Queira sair daqui, prezado senhor, e agradeça a Deus por isso ter ocorrido em minha casa."

Sem duvidarmos das consequências, nós já dávamos o novo companheiro por morto. O oficial foi embora, dizendo que estava pronto a acertar as contas como o senhor banqueiro quisesse. O jogo ainda durou alguns minutos, porém, sentindo que nosso anfitrião não estava mais a fim de jogar, nós saímos um após o outro e fomos aos nossos alojamentos falando na baixa que se daria em breve.

No dia seguinte, treinando no picadeiro, nós perguntávamos se o coitado tenente ainda estava vivo quando este apareceu, em pessoa, na nossa frente; então lhe fizemos a mesma pergunta. Ele respondeu que não tivera mais notícias de Sílvio. Isso nos deixou perplexos. Fomos à casa de Sílvio e encontramo-lo no quintal, a enfiar bala sobre bala num ás colado no portão. Ele nos recebeu de maneira habitual, sem dizer uma palavra acerca do ocorrido na noite anterior. Ao cabo de três dias, o tenente ainda permanecia vivo. Nós indagávamos, espantados: será que Sílvio não vai duelar? Sílvio não duelou. Contentou-se com uma explicação bem leve e fez as pazes.

Isso poderia prejudicar imensamente sua reputação aos olhos de nossos jovens. A falta de coragem é o que menos se perdoa na mocidade, a qual tem o costume de tomar a bravura pela maior das virtudes humanas e faz dela a desculpa de todos os vícios possíveis. Entretanto, tudo ficou esquecido aos poucos, e Sílvio recuperou sua influência.

Apenas eu não podia reaproximar-me dele. Tendo, por natureza, uma imaginação romanesca, apegara-me, mais que todos, àquele homem cuja vida era um enigma e que se assemelhava, para mim, ao protagonista de uma misteriosa novela. Ele gostava de mim; pelo menos, só comigo deixava suas falas habituais, brutas e maldosas, e conversava sobre vários assuntos de modo simples e extraordinariamente agradável. Contudo, após a noite de seu malogro, a ideia de que, desonrado como estava, ele não quis lavar aquele labéu com sangue não me abandonava, impedindo-me de tratá-lo como antes: eu sentia vergonha até de olhar para ele. Sílvio era inteligente e experiente demais para não reparar nisso nem adivinhar o motivo de minha conduta. Parecia que esta o magoava; ao menos, eu percebi umas duas vezes sua vontade de abrir-se comigo. Porém, evitando eu tais ocasiões, Sílvio acabou por deixar-me em paz. Desde então só nos víamos na presença de meus companheiros, e nossas sinceras conversas antigas cessaram.

Os distraídos moradores de uma metrópole não têm a menor ideia de várias impressões que os habitantes das aldeias ou vilas conhecem tão bem, por exemplo, de como estes aguardam o dia em que chega o correio. Às terças e sextas-feiras, o escritório de nosso regimento estava lotado de oficiais: uns esperavam por dinheiro, os outros por cartas ou jornais. Soía abrir os envelopes e divulgar as notícias na mesma hora, e o escritório apresentava um quadro bem animado. De hábito, Sílvio também se encontrava lá, pois as cartas que ele recebia tinham o endereço do regimento. Um dia, entregaram-lhe um envelope cujo lacre ele arrancou aparentando enorme impaciência. Ao passo que lia, apressado, a carta, seus olhos faiscavam. Ocupados cada qual com suas próprias cartas, os oficiais não se aperceberam de nada. "Senhores" — disse-lhes Sílvio —, "as circunstâncias exigem que me ausente de imediato. Vou partir esta noite e espero que não se recusem a almoçar, pela última vez, em minha casa." "Convido você também" — prosseguiu ele, voltando-se para mim —, "venha sem falta." Dito isso, ele se apressou a sair; ao combinarmos que nos reuniríamos na casa de Sílvio, nós fomos embora, cada um para seu lado.

Vim à casa de Sílvio na hora marcada e lá encontrei quase todo o regimento. Todos os pertences dele já estavam empacotados; ficavam somente aquelas paredes nuas e perfuradas de balas. Sentamo-nos à mesa; o anfitrião estava muito bem-humorado, e sua alegria logo se tornou generalizada; as rolhas estalavam a cada minuto, os copos de champanhe espumavam e chiavam sem trégua, e nós desejávamos, com todo o empenho possível, uma boa viagem e todos os bens vindouros a quem nos deixava. Quando nos levantamos da mesa, já era tarde da noite. Pegando nós os quepes para ir embora, Sílvio, que se despedia de todos, tomou minha mão e deteve-me no momento em que eu estava de saída. "Preciso falar com você" — disse ele baixinho. Eu fiquei em sua casa.

Os convidados partiram; uma vez a sós, sentamo-nos face a face e acendemos, calados, os nossos cachimbos. Sílvio estava angustiado; de sua alegria convulsa não restara nem rastro. Sua lúgubre palidez, seus fúlgidos olhos e a espessa fumaça que lhe escapava da boca davam-lhe a aparência de um verdadeiro demônio. Transcorreram alguns minutos, e Sílvio rompeu o silêncio.

— Pode ser que nunca mais nos vejamos — disse-me ele. — Antes de partir, queria que nos explicássemos. Você pôde perceber que não dou muito valor às opiniões alheias; todavia, gosto de você e sinto que me seria penoso deixar uma impressão injusta em sua mente.

Ele fez uma pausa e começou a encher seu cachimbo esvaziado; eu continuava taciturno, de olhos baixos.

— Você achou estranho — prosseguiu ele — que eu não tivesse reclamado satisfações àquele tolo beberrão R***. Você há de concordar que, tendo eu o direito de escolher a arma, a vida dele estaria em minhas mãos, e a minha, quase a salvo. Poderia atribuir a minha humildade apenas à complacência, mas não quero mentir. Se pudesse castigar R*** sem arriscar, de modo algum, a minha vida, não o perdoaria por nada neste mundo.

Olhei para Sílvio com pasmo. Tal confissão me havia embaraçado completamente. Sílvio continuou seu relato.

— É isso mesmo: não tenho o direito de arriscar minha vida. Faz seis anos que levei uma bofetada, e meu inimigo ainda está vivo.

Minha curiosidade ficou muito excitada.

— Você não duelou com ele? — perguntei. — Talvez as circunstâncias os tenham apartado?

— Sim, duelei com ele — respondeu Sílvio —, eis aqui a lembrança de nosso duelo.

Uma vez em pé, Sílvio tirou de uma caixa de papelão um chapéu vermelho, de borla dourada e galão (um daqueles que os franceses chamam de *bonnet de police*), pondo-o em sua cabeça. Uma bala o tinha furado a um *verchok*[4] acima da testa.

---

[4] Antiga medida de comprimento russa, equivalente a 4,3 centímetros.

— Você sabe — continuou Sílvio — que eu servi no regimento *** de hussardos. Você conhece o meu caráter: estou acostumado à primazia, mas na juventude ela era a minha paixão. Em nossos tempos a baderna estava em voga, e eu era o maior baderneiro do exército. Nós nos gabávamos da bebedeira, e eu bebia mais que o famoso Burtsov[5] cantado por Denis Davýdov.[6] Havia duelos a cada minuto em nosso regimento, e eu participava de todos como testemunha ou protagonista. Os companheiros me adoravam, e os comandantes, substituídos volta e meia, consideravam-me um mal necessário.

Tranquilo (ou então turbulento), eu me deliciava com a minha fama, quando um jovem de rica e nobre família (não quero mencionar o nome dele) veio servir conosco. Jamais tinha encontrado um felizardo tão brilhante assim! Imagine a juventude, a inteligência, a beleza, a mais desenfreada alegria, a mais insolente audácia, o nome sonoro, o dinheiro que ele nem sequer contava e que nunca lhe fazia míngua, e imagine que efeito ele devia produzir em nosso meio. A minha primazia ficou abalada. Seduzido pelo meu glamour, aquele jovem começou a buscar

---

[5] O oficial russo Alexandr Burtsov (?–1813) era, segundo os contemporâneos, "o maior farrista e o mais rematado beberrão de todos os tenentes hussardos".

[6] Davýdov, Denis Vassílievitch (1784–1839): militar e poeta russo, herói da Guerra de 1812 contra a França napoleônica, o maior representante da "poesia de hussardos" que exaltava o amor, o vinho e outros prazeres da vida.

minha amizade; porém eu o recebi com frieza, e ele se afastou de mim sem o menor desgosto. Passei a odiá-lo. Seus sucessos no regimento e na companhia feminina deixavam-me totalmente desesperado. Fui procurando um pretexto para brigar com ele, mas aos meus epigramas ele opunha os seus, que sempre me pareciam mais inesperados e mordazes, sendo, naturalmente, bem mais engraçados — ele brincava, e eu me enfurecia. Por fim, durante um baile na casa de um fazendeiro polonês, vendo-o atrair a atenção de todas as damas e, sobretudo, da própria anfitriã que tinha um caso comigo, eu disse alguma grosseira banalidade ao ouvido dele. O jovem se enfureceu e deu-me uma bofetada. Fomos correndo aos nossos sabres; as damas desmaiaram; ficamos apartados e, na mesma noite, tramamos um duelo.

Estava para amanhecer. Cheguei ao local designado com três padrinhos.[7] Tomado de uma impaciência inexprimível, esperava pelo meu adversário. O sol primaveril nascera, e o calor já ia aumentando. Vi-o ainda de longe. Ele vinha a pé, tendo pendurado a túnica na ponta do seu sabre, acompanhado por um só padrinho. Nós fomos ao seu encontro. Ele se aproximava, segurando o seu quepe cheio de cerejas. Os padrinhos mediram uma distância de doze passos. Cumpria-me ser o primeiro a atirar, mas uma maléfica emoção me perturbava com tanta força que, sem confiar na firmeza

[7] Pessoas que ajudam a organizar um duelo.

de minha mão e para me dar o tempo de esfriar um pouco a cabeça, eu cedi o primeiro tiro ao meu adversário, o qual não o aceitou. Então decidimos tirar a sorte, e ele, eterno benjamim da fortuna, recebeu o primeiro número. Ele apontou a pistola e perfurou o meu quepe. Chegou a minha vez. A vida dele ficou, afinal, em minhas mãos; eu o fitava com avidez, tentando perceber, ao menos, sombra de inquietude... Ele estava na mira de minha pistola, tirando cerejas maduras do seu quepe e cuspindo fora os caroços que caíam perto de mim. Sua indiferença me enraiveceu. "Que adianta, pensei, privá-lo dessa vida à qual ele não dá a mínima importância?" Uma ideia maldosa surgiu em minha mente. Abaixei a pistola. "Parece que o senhor não está preparado para morrer" — disse-lhe. — "O senhor se digna a lanchar, e eu não quero atrapalhá-lo..." — "O senhor não me atrapalha nem um pouco" — retorquiu ele. — "Tenha a bondade de atirar... aliás, faça o que lhe parecer melhor. Devo-lhe um tiro e permaneço sempre às suas ordens." Virando-me para os padrinhos, declarei que não estava mais disposto a atirar, e nosso duelo acabou nisso.

Uma vez reformado, eu me recolhi neste vilarejo. Não há, desde então, um só dia em que não pense na vingança. A minha hora chegou...

Sílvio tirou do bolso a carta recebida pela manhã, deixando-me que a lesse. Alguém (parece que era seu procurador) lhe escrevia de Moscou para informar que o seu conhecido logo contrairia matrimônio com uma bela jovem.

— Você está adivinhando — disse Sílvio — quem é aquele conhecido meu. Vou a Moscou. Veremos se, às vésperas do seu casamento, ele encontrará a morte tão impassível como outrora a esperava com suas cerejas!

Dito isso, Sílvio se levantou, jogou seu quepe no chão e pôs-se a andar pelo quarto de lá para cá, como um tigre em sua jaula. Ouvi-o imóvel, comovido por sentimentos estranhos e contraditórios.

Entrou um criado, anunciando que os cavalos estavam prontos. Sílvio me apertou fortemente a mão; trocamos um beijo. Ele subiu na carroça em que estavam acomodadas duas malas: uma com as pistolas, a outra com seus pertences. Despedimo-nos mais uma vez, e os cavalos foram trotando.

II

Passaram-se alguns anos, e as circunstâncias familiares fizeram que eu me mudasse para uma pobre aldeia do distrito[8] de N***. Ocupando-me do meu sítio, não parava de suspirar, à sorrelfa, pela minha vida de antes, tão barulhenta e despreocupada. O mais difícil era acostumar-me a passar noites de outono e inverno numa solidão absoluta. Ainda conseguia, de algum jeito, arrastar-me até o almoço, conversando com o *stárosta*,[9] observando a lavoura ou

---

[8] Região administrativa no Império Russo, subdivisão da província.

[9] Chefe de povoado em certos países eslavos, inclusive na Rússia antiga, também denominado *estaroste*.

frequentando novas tabernas, mas, logo que começava a anoitecer, ignorava completamente onde me meteria. Os poucos livros que encontrara sob os armários e na despensa foram decorados de cabo a rabo. Todas as histórias que a governanta Kirílovna podia lembrar foram narradas diversas vezes; os cantos do mulherio deixavam-me entediado. Ia já mergulhar no licor caseiro de frutas sem açúcar, mas ele me dava dor de cabeça; confesso, ademais, que receava passar a beber de tristeza, tornando-me assim o mais rematado dos beberrões — vira, de resto, vários exemplos disso em nosso distrito. Não tinha vizinhos próximos, senão dois ou três bêbados cuja conversa se limitava, na maioria das vezes, aos soluços e suspiros. A solidão era mais tolerável.

A quatro verstas[10] do meu sítio encontrava-se uma rica fazenda pertencente à condessa B***; contudo, morava nela apenas o mordomo, tendo a própria condessa visitado a sua propriedade só uma vez, no primeiro ano de seu casamento, e ficando ali, quando muito, um mês. Entretanto, na segunda primavera de meu recolhimento correram rumores de que a condessa viria, com seu esposo, passar o verão em sua aldeia. Eles vieram, de fato, no início de junho.

A vinda de um vizinho rico é uma época importante para os aldeões. Os fazendeiros e seus camponeses conversam acerca disso uns dois meses antes e uns

---

[10] Antiga medida de comprimento russa, equivalente a 1067 metros.

três anos depois. Quanto a mim, confesso que a notícia da vinda de uma jovem e linda vizinha impressionou-me bastante. Ardendo de impaciência para vê-la, eu fui, na tarde do primeiro domingo de sua estada ali, à aldeia de *** com o fim de apresentar-me às Suas Altezas na qualidade de "primeiríssimo vizinho e docílimo servo".

Um lacaio me conduziu ao gabinete do conde e foi anunciar-lhe a minha visita. O espaçoso gabinete estava adornado com todo o luxo possível: rente às paredes ficavam as estantes com livros, havendo um busto de bronze em cima de cada uma delas; um largo espelho estava pendurado sobre a lareira de mármore; as alcatifas cobriam o chão revestido de pano verde. Desacostumado dessa opulência em meu pobre cantinho, sem ter visto, havia tempos, a riqueza alheia, sentia-me constrangido e aguardava a chegada do conde com certo temor, igual a um requerente provinciano à espera de um ministro. As portas se abriram; entrou um homem muito bonito, de uns trinta e dois anos de idade. O conde se aproximou de mim com um semblante aberto e amigável; eu tentei recuperar o ânimo, já indo apresentar-me, mas ele mesmo começou a falar. Ficamos sentados. Descontraída e amável, sua conversa dissipou logo a minha timidez asselvajada. Eu já voltava ao meu estado normal quando, de súbito, entrou a condessa, deixando-me ainda mais embaraçado. Era, de fato, uma beldade! O conde apresentou-me; eu queria parecer todo desinibido, porém, quanto mais fingia a desenvoltura tanto mais me sentia acanhado. Eles se puseram a conversar entre si, a fim de me dar o tempo de reaver minha calma e de acostumar-me à nova companhia; tratavam-me, pois, como um bom vizinho, sem cerimônias. Nesse ínterim, comecei a andar de lá para cá, examinando os livros e as obras de arte. Entendo bem pouco de pinturas, mas uma delas atraiu minha atenção. Era uma paisagem da Suíça; não foi, entretanto, seu lado pictórico que me surpreendeu e, sim, o fato de o quadro ter sido furado por duas balas, enfiadas uma na outra.

— Eis um bom tiro — disse eu, dirigindo-me ao conde.

— Sim — respondeu ele. — Um tiro muito marcante... — e prosseguiu — O senhor atira bem?

— Mais ou menos — repliquei animado, visto que a conversa chegou, finalmente, a um assunto familiar. — A trinta passos acertaria uma carta; bem entendido, se as pistolas me fossem conhecidas.

— Verdade? — perguntou a condessa, aparentando muita atenção. — E tu, meu querido, acertarias uma carta a trinta passos?

— Um dia tentaremos — respondeu o conde. — Na época, tinha uma boa pontaria, mas já faz quatro anos que nem toco numa pistola.

— Oh — notei eu —, nesse caso, aposto que Vossa Alteza não acertará uma carta nem a vinte passos: a pistola demanda exercícios diários. Sei disso por experiência. Em nosso regimento, era tido como um dos melhores atiradores. Aconteceu-me, numa ocasião, não tocar nas pistolas um mês inteiro, já que as minhas precisavam de conserto. E o que é que Vossa Alteza pensa? Quando tornei a atirar, pela primeira vez depois daquilo, errei quatro tiros a fio contra uma garrafa posta a vinte e cinco passos. Servia conosco um capitão de cavalaria, brincalhão e gozador; por acaso, ele estava lá e disse-me: "Parece, maninho, que estás com dó da garrafa!" Não, Vossa Alteza, não se deve menosprezar esse exercício, senão o costume se perde. O melhor atirador que cheguei a conhecer atirava todos os dias, ao menos três vezes antes do almoço. Fazia aquilo por hábito, como quem toma um cálice de vodca.

O conde e a condessa estavam contentes de ver-me tão falastrão.

— E como ele atirava? — perguntou-me o conde.

— Dessa maneira, Vossa Alteza: acontece-lhe ver, às vezes, uma mosca pousar na parede... A senhora está rindo, condessa? Juro por Deus que é verdade. Acontece-lhe, pois, enxergar uma mosca, e ele grita: "Kuzka, minha pistola!" Então Kuzka lhe traz uma pistola carregada. Ele faz "bang!", e a mosca está esmagada naquela parede!

— É pasmoso! — disse o conde. — E qual era o nome dele?

— Sílvio, Vossa Alteza.

— Sílvio! — exclamou o conde, saltando fora do seu assento. — O senhor conheceu Sílvio?

— E como não o teria conhecido, Vossa Alteza? Éramos amigos: acolhiam-no, em nosso regimento, como um irmão, um camarada. Já faz, todavia, uns cinco anos que não tenho mais nenhuma notícia dele. Pois Vossa Alteza também o conheceu?

— Conheci, conheci muito bem. Será que ele lhe contou... mas não, não acho... Será que ele lhe contou sobre um acidente muito estranho?

— Decerto, Vossa Alteza, sobre a bofetada que um patusco lhe deu num baile?

— E ele disse o nome daquele patusco?

— Não, Vossa Alteza, não disse... Ah, Vossa Alteza — continuei, adivinhando a verdade —, desculpe... eu não sabia... será que foi o senhor?

— Eu mesmo — respondeu o conde, com uma aparência deplorável. — E a pintura furada é a lembrança de nosso último encontro...

— Ah, meu querido — disse a condessa —, pelo amor de Deus, não contes: terei medo até de ouvir.

— Não — replicou o conde —, contarei tudo. Ele sabe como ofendi seu amigo, então que saiba como Sílvio se vingou de mim.

O conde empurrou uma poltrona em minha direção, e eu fiquei escutando, com a mais viva curiosidade, o seguinte relato.

— Casei-me há cinco anos. Passei o primeiro mês, *the honeymoon*,[11] aqui nesta fazenda. A esta casa é que agradeço os melhores momentos de minha vida e devo uma das minhas recordações mais penosas.

---

[11] Lua de mel (em inglês).

Uma noite fomos, eu e minha mulher, passear a cavalo; não sei por que, o cavalo de Macha[12] ficou teimando; ela se assustou, entregou-me as rédeas e foi para casa a pé. Eu mesmo cavalguei na frente. Vi uma carroça de viagem no pátio; disseram-me que no meu gabinete estava um homem que não se apresentara, mas simplesmente dissera ter um negócio a tratar comigo. Entrei neste cômodo e vi, às escuras, um homem barbudo e coberto de poeira; ele estava plantado cá, junto da lareira. Aproximei-me dele, buscando rememorar suas feições. "Não me reconheceste, conde?" — perguntou o homem com uma voz vibrante. "Sílvio!" — gritei eu, e confesso que senti meus cabelos ficarem, de chofre, em pé. "Justamente" — continuou ele. — "O tiro é meu; vim para descarregar a minha pistola. Estás pronto?" A pistola assomava-lhe do bolso lateral. Medi doze passos e postei-me ali, no canto, implorando que ele atirasse depressa, antes de minha mulher retornar. Sílvio estava demorando... pediu que acendessem a luz. Trouxeram as velas. Eu fechei a porta, mandei que ninguém entrasse e pedi-lhe outra vez que atirasse. Ele tirou a pistola e apontou-a... Eu contava os segundos... pensava nela... Assim se passou um minuto horrível! Sílvio abaixou a mão. "É pena" — disse ele — "que a pistola não esteja carregada daqueles caroços de cereja... A bala é pesada. Parece-me, o tempo todo, que não é um duelo e, sim, um assassinato:

[12] Forma diminutiva e carinhosa do nome Maria.

eu não costumo mirar um homem desarmado. Comecemos de novo, tiremos a sorte para saber quem será o primeiro a atirar." Minha cabeça dava voltas... Parece que eu discordava... Por fim, carregamos mais uma pistola, enrolamos dois bilhetes que ele colocou no quepe furado, outrora, pela minha bala; de novo tirei o primeiro número. "Tu, conde, és diabolicamente sortudo" — disse Sílvio com um sorriso que nunca vou esquecer. Não compreendo o que se deu comigo, de que maneira ele me obrigou a fazer isso, mas... eu atirei e acertei aquela pintura. (O conde indicou com o dedo o quadro furado; seu rosto ardia que nem o fogo; a condessa estava mais branca que seu lenço; eu não consegui reter uma exclamação).

— Eu atirei — prosseguiu o conde — e, graças a Deus, errei o alvo. Então Sílvio... (naquele momento ele estava realmente aterrador), Sílvio se pôs a apontar sua pistola. De supetão, as portas se abriram. Macha entrou correndo e, com um grito estridente, arrojou-se ao meu pescoço. Sua presença me fez recobrar todo o ânimo. "Querida" — disse-lhe —, "não vês que estamos brincando? Mas como te assustaste! Vai tomar um copo d'água e volta aqui, para que te apresente meu velho amigo e companheiro." Macha não acreditava ainda. "Diga se meu marido fala verdade!" — ela se dirigiu ao temível Sílvio. — "É verdade que vocês dois estão brincando?" — "Ele está sempre brincando, condessa" — respondeu-lhe Sílvio. — "Um dia, ele me deu, brincando, uma bofetada; brincando, furou este meu quepe com um tiro; agora não me acertou por mera brincadeirinha. Pois eu também estou com vontade de brincar um pouco..." Dito isso, ele ia apontar a pistola... na frente dela! Macha se jogou aos seus pés. "Levanta-te, Macha, que vergonha!" — gritei eu com fúria. — "O senhor vai deixar de torturar a pobre mulher? Vai atirar, afinal, ou não?" — "Não vou" — respondeu Sílvio —, "estou satisfeito. Eu vi o teu transtorno, o teu medo; eu fiz que tu atirasses em mim, e basta. Vais recordar-te de mim. Entrego-te à tua consciência." Ele ia sair, mas parou às portas, virou-se para o quadro furado, atirou nele quase sem o mirar e desapareceu. Minha mulher jazia desmaiada; os criados não se atreveram a detê-lo, olhando para ele com pavor. Uma vez no terraço de entrada, ele chamou o cocheiro e foi embora antes que eu me recobrasse.

O conde ficou calado. Desse modo eu soube o final da novela cujo início me assombrara tanto outrora. Nunca mais encontrei o herói desta. Dizem que, durante a rebelião de Alexandre Ypsilântis,[13] ele comandava um grupo de heteristas[14] e morreu na batalha de Sculeni.[15]

---

[13] Alexandre Ypsilântis (1792–1828): herói nacional da Grécia, comandante da insurreição grega contra o domínio turco.

[14] Membros da *Filiki Heteria*, sociedade secreta que visava a libertação da Grécia do Império Otomano.

[15] Trata-se do combate entre os rebeldes gregos e as tropas turcas que ocorreu em 1821 na Moldávia, perto da aldeia Sculeni.

A NEVASCA

Os cavalos a voar,
De ondulantes crinas.
Vê-se um templo secular
Numa das colinas.

....

De repente, começou
A nevar bem forte;
Eis um corvo que lançou
Grasnos de má sorte
Sobre o rápido trenó
Que desliza leve,
Revolvendo o denso pó
Da profunda neve!

Jukóvski[1]

Em fins de 1811, época para nós memorável, vivia em sua fazenda Nenarádovo o bondoso Gavrila Gavrílovitch R***. Sua amável hospitalidade era famosa

[1] A epígrafe do conto é da balada *Svetlana* de Vassíli Jukóvski (1783–1852), um dos maiores poetas e tradutores russos do século XIX.

por todas as redondezas: os vizinhos visitavam-no a cada instante para comer, beber, apostar cinco copeques numa partida de cartas com a esposa dele; alguns vinham também para ver sua filha, Maria Gavrílovna, uma esguia e pálida moça de dezessete anos. Consideravam-na uma noiva rica; muitos homens queriam que ela se casasse com seus filhos, se não com eles próprios.

Maria Gavrílovna tinha sido criada em meio aos romances franceses e, consequentemente, estava apaixonada. O objeto daquele seu sentimento era um pobre sargento-mor do exército que passava as férias em sua aldeia. Entenda-se bem que o jovem ardia de igual paixão e que, ao perceberem tal ardor mútuo, os pais de sua amada proibiram a filha até de pensar nele, recebendo-o pior que um servidor exonerado.

Nossos amantes trocavam bilhetes e encontravam-se, todo dia, a sós, num bosque de pinheiros ou perto de uma velha ermida. Ali juravam o amor eterno, reclamavam de seu destino e faziam diversas suposições. Correspondendo-se e conversando dessa maneira, chegaram (o que era bem natural) ao raciocínio seguinte: se não podemos sequer respirar um sem o outro, e a vontade dos pais desalmados estorva a nossa felicidade, será que não poderíamos prescindir dessa vontade? Está claro que primeiro a ditosa ideia veio à cabeça do jovem militar, agradando em cheio a imaginação romanesca de Maria Gavrílovna.

Começou o inverno; seus encontros cessaram, mas a correspondência ficou ainda mais animada. Em cada carta, Vladímir Nikoláievitch implorava que a moça se lhe entregasse para eles se casarem às escondidas, viverem algum tempo em segredo e ajoelharem-se, a seguir, perante os pais dela que, comovidos, naturalmente, com a constância heroica e o sofrimento dos amantes, acabariam sem dúvida por dizer-lhes: "Filhos, venham aos nossos braços!"

Maria Gavrílovna passou muito tempo a hesitar; vários planos de fuga foram rejeitados. Enfim ela concordou. No dia marcado, cumpria-lhe recusar o jantar e, pretextando uma dor de cabeça, recolher-se em seu quarto. Sua criada participava da conspiração; ambas as moças deviam ir ao jardim, pela porta dos fundos, tomar o trenó que estaria já aguardando, detrás daquele jardim, e percorrer cinco verstas que separavam Nenarádovo da aldeia Jádrino em cuja igreja Vladímir esperaria por elas.

Às vésperas dessa ação resoluta, Maria Gavrílovna não dormiu durante a noite toda; ela arrumou as trouxas, embrulhou as roupas de baixo e de cima, escreveu uma longa carta à sua amiga, uma senhorita muito sensível, e a outra aos seus pais. Despediu-se deles com as expressões mais enternecedoras, justificou seu desvio com a irresistível força da paixão e terminou dizendo que consideraria o momento mais feliz da sua vida aquele em que lhe seria permitido prostrar-se aos pés de seus queridíssimos pais. Fechando ambas as cartas com um lacre de Tula,[2] que representava dois

[2] Cidade localizada na parte central da Rússia e famosa, ao longo dos séculos, por seus produtos artesanais.

corações em chamas com um mote adequado, desabou na cama, pouco antes do amanhecer, e pegou no sono. Todavia, os terríveis devaneios continuavam a acordá-la a cada minuto: ora lhe parecia que, naquele exato momento em que ela subia ao trenó para ir casar-se, seu pai a detinha e arrastava, com uma vertiginosa rapidez, pela neve, jogando-a num escuro subterrâneo sem fundo... e que ela caía depressa, com uma angústia inexprimível no coração; ora via Vladímir deitado na relva, pálido e ensanguentado, a rogar, morrendo, com uma voz comovente, que se apressasse a desposá-lo... e outras visões disformes e absurdas esvoaçavam, diante dela, uma após a outra. Finalmente, ela se levantou, mais pálida que de costume e atormentada por uma verídica dor de cabeça. Os pais repararam em sua inquietude; a solícita ternura e as incessantes perguntas deles — o que tens, Macha? não estás doente, Macha? — dilaceravam-lhe o coração. A moça tentava acalmá-los, fingindo-se de alegre, mas não conseguia. Anoiteceu. A ideia de ser o último dia que ela passava com sua família apertava-lhe o coração. A moça mal estava viva, despedindo-se às ocultas de todas as pessoas e coisas que a rodeavam.

O jantar foi servido; o coração de Macha se pôs a palpitar. Com uma voz trêmula, ela anunciou que não queria jantar e despediu-se do pai e da mãe. Estes beijaram-na e, por hábito, deram-lhe sua bênção. Ela quase ficou chorando. Ao entrar em seu quarto, tombou numa poltrona e rompeu em prantos. A criada pedia-lhe que se acalmasse e recobrasse o ânimo.

Tudo estava pronto. Ao cabo de meia hora, Macha haveria de abandonar para sempre a casa dos pais, seu quartinho, sua pacata vida de moça... Uma nevasca se desencadeara lá fora; o vento uivava, os contraventos tremiam e estalavam; tudo isso lhe parecia ameaçador e agourento. Logo toda a casa se sossegou e adormeceu. Macha se envolveu num xale, vestiu um manto quente, pegou seu cofrete e foi à porta dos fundos, seguida pela criada que levava duas trouxas. Elas desceram para o jardim. A nevasca não se quietava: o vento soprava de encontro, como que se esforçando para deter a jovem delinquente. As fugitivas penaram para atravessar o jardim. Na estrada havia um trenó que as aguardava. Os cavalos se agitavam de tanto frio, o cocheiro de Vladímir segurava-os, andando na frente do trenó. Ele ajudou a sinhá e sua criada a sentarem-se e acomodarem as trouxas e o cofrete; tomou as rédeas, e os cavalos foram a voar. Entregue a sinhá aos cuidados da sorte e às artes do cocheiro Terechka, voltemos ao nosso jovem enamorado.

Vladímir passou todo o dia correndo. Foi ver, de manhã, o padre de Jádrino e combinou, a muito custo, o casamento com ele; depois foi procurar testemunhas no meio dos fazendeiros vizinhos. O primeiro dos que ele visitou foi o quarentão Drávin, alferes de cavalaria reformado, o qual concordou com gosto. Essa aventura, segundo afirmou, lembrava-lhe os velhos tempos e as travessuras dos hussardos. Ele convenceu Vladímir a almoçar em sua casa e asseverou que acharia mais duas testemunhas com toda a facilidade. Logo após o almoço apareceram, de fato, o agrimensor Schmitt com seu bigode e suas esporas, e o filho do capitão de polícia, garoto de uns dezesseis anos que acabava de ingressar no corpo de ulanos.[3] Eles não só aceitaram a proposta de Vladímir, mas até lhe juraram que estavam prontos a sacrificar suas vidas por ele. Vladímir abraçou-os, todo entusiasmado, e foi para casa fazer seus preparativos.

Tinha escurecido havia tempos. Vladímir mandou o confiável Terechka para Nenarádovo com seu trenó puxado por três cavalos, dando-lhe ordens detalhadas e explícitas, e mandou atrelar, para si mesmo, um só cavalo ao outro trenó, bem pequeno, indo sozinho, sem o cocheiro, a Jádrino, aonde deveria chegar, umas duas horas mais tarde, Maria Gavrílovna. Ele conhecia bem o caminho, e todo o percurso lhe tomaria apenas vinte minutos.

Contudo, assim que Vladímir saiu da aldeia e enveredou pelos campos, começou a ventar e fez-se uma tempestade tão grande que ele não enxergava mais nada. Num só minuto a neve obstruiu a estrada; tudo, ao seu redor, sumiu numa bruma espessa e amarelada, através da qual voavam os brancos flocões de neve; o céu se fundiu à terra. Uma vez nos campos, Vladímir tentava em vão retornar à estrada: o cavalo pisava a esmo, ora galgando um monte de neve ora afundando num buraco; a cada minuto, o trenó

---

[3] Cavalaria armada de lanças que na época fazia parte do exército russo.

emborcava. Vladímir buscava apenas não perder o rumo certo; porém lhe parecia que já se passara mais de meia hora sem ele ter alcançado o bosque de Jádrino. Passaram-se ainda uns dez minutos, mas o tal bosque não aparecia. Vladímir ia por um campo cortado por profundas ravinas. Nem a tempestade abrandava, nem o céu clareava. O cavalo já denotava cansaço, e o próprio Vladímir estava ensopado de suor, conquanto a neve lhe chegasse, a cada instante, até a cintura.

Por fim, ele percebeu que ia numa direção errada. Vladímir parou, começou a pensar, a relembrar, a cismar, e ficou seguro de que devia virar à direita. Dirigiu-se, então, à direita. Seu cavalo mal avançava. Fazia mais de uma hora que ele estava perambulando. Decerto Jádrino era por perto, mas ele ia, ia sem trégua, e o campo não acabava. Só havia ravinas e montes de neve; a cada minuto, o trenó emborcava; a cada minuto, o viajante o reerguia. O tempo passava; Vladímir se sentia muito preocupado.

Afinal de contas, algo negrejou ao longe. Vladímir se dirigiu ali. Aproximando-se, avistou um bosque. "Graças a Deus", pensou ele, "agora estou pertinho". Foi contornando o bosque na expectativa de encontrar rápido o caminho que conhecia ou atingir o lado oposto do bosque: Jádrino situava-se logo atrás deste. Não demorou a achar o caminho e adentrou a treva das árvores despidas pelo inverno. O vento não podia seviciar naquele lugar, a estrada estava lisa; o cavalo reanimou-se e Vladímir ficou mais calmo.

No entanto, ele ia, ia sem trégua, e não havia nem sombra de Jádrino; o bosque não tinha fim. Apavorado, Vladímir percebeu que entrara numa floresta desconhecida. O desespero se apoderou dele. Vladímir açoitou o cavalo; o pobre animal se pôs a trotar, mas logo perdeu as forças e, um quarto de hora mais tarde, foi a passo bem lento, apesar de todos os esforços de seu desgraçado dono.

Pouco a pouco, a mata ficou menos cerrada, e Vladímir saiu dela. Nem sinal de Jádrino! Seria por volta da meia-noite. As lágrimas jorraram dos seus olhos; ele foi ao acaso. A nevasca tinha acabado, as nuvens se dispersavam; havia na sua frente uma campina recoberta por um tapete alvo e onduloso. A noite estava bastante clara. Vladímir avistou, perto de lá, um vilarejo composto de quatro ou cinco casas e foi em sua direção. Junto da primeira casinha, saltou fora do seu trenó, correu até a janela e começou a bater. Abriu-se, uns minutos depois, o contravento de madeira, e assomou um velho de barba branca. "Que é que quer?" — "Jádrino fica longe daqui?" — "Jádrino é que fica longe?" — "Sim, sim! Longe daqui?" — "Nem tanto: uma dezena de verstas." Ouvindo essa resposta, Vladímir agarrou seus cabelos e ficou imóvel, como um homem condenado à morte.

"Você é de onde?" — prosseguiu o velho. Vladímir não tinha mais ânimo para responder às perguntas. "Você pode, velho" — disse ele —, "arranjar para mim os cavalos até Jádrino?" — "Mas que cavalos é que a gente tem?" — replicou o camponês. "Então eu posso chamar, pelo menos, um guia? Eu pagarei quanto for preciso." — "Espere" — disse o velho, fechando o contravento. — "Vou mandar o meu filho para te guiar." Vladímir ficou esperando. Não decorreu nem sequer um minuto quando ele tornou a bater à janela. O contravento se reabriu, e a barba assomou de novo. "Que é que quer?" — "Onde está seu filho?" — "Vai sair agorinha, está calçando as botas. Talvez tenha frio? Venha, pois, cá para te esquentar." — "Obrigado. Mande logo o seu filho."

Abriu-se, rangendo, o portão; um rapaz apareceu, com uma clava na mão, e foi em frente, ora mostrando ora procurando o caminho obstruído por montões de neve. "Que horas são?" — perguntou-lhe Vladímir. "Daqui a pouco vai amanhecer" — respondeu o jovem camponês. Vladímir não disse mais uma palavra.

Já havia amanhecido e os galos cantavam, quando eles chegaram a Jádrino. A igreja estava trancada. Vladímir pagou ao seu guia e foi à casa do padre. Seu trenó não estava no pátio. Que notícia horrível esperava por ele!

Mas retornemos aos nossos bons fazendeiros de Nenarádovo e vejamos o que lhes está sobrevindo.

Bom... nada.

Os velhos acordaram e foram à sala de estar: Gavrila Gavrílovitch de gorro e blusão de flanela, Praskóvia Petrovna com um roupão forrado de algodão. O samovar[4]

---

[4] Espécie de chaleira aquecida por um tubo central com brasas e munida de uma torneira na parte inferior.

foi servido; Gavrila Gavrílovitch mandou uma das servas perguntar a Maria Gavrílovna como ela estava e como tinha dormido. A serva voltou dizendo que a sinhá teria dormido mal, mas agora se sentia melhor e logo, logo viria à sala. Com efeito, a porta se abriu, e Maria Gavrílovna veio cumprimentar o paizinho e a mãezinha.

"Como está tua cabeça, Macha?" — indagou Gavrila Gavrílovitch. "Está melhor, paizinho" — respondeu Macha. "Deves ter respirado a fumaça ontem, Macha" — disse Praskóvia Petrovna. "Pode ser, mãezinha" — respondeu Macha.

O dia passou tranquilo, mas à noite Macha adoeceu. Mandaram trazer um médico da cidade. Ele veio ao anoitecer e encontrou a doente em pleno delírio. Acometida por uma febre severa, a pobre enferma ficou duas semanas à beira da sepultura.

Nenhum dos familiares estava a par da fuga planejada. As cartas que Macha havia escrito na véspera foram queimadas; sua criada não dizia nada a ninguém, temendo a fúria dos seus amos. O padre, o alferes reformado, o agrimensor bigodudo e o pequeno ulano portavam-se com discrição, e não era à toa que o cocheiro Terechka nunca dava com a língua nos dentes, mesmo quando estava bêbado. Desse modo, o segredo foi preservado por mais de meia dúzia de conspiradores. Na verdade, a própria Maria Gavrílovna não parava de divulgar esse segredo em seu delírio ininterrupto, mas, como as suas palavras eram completamente sem nexo, a mãe, que não se afastava da sua cama, pôde compreender apenas que a filha estava perdidamente apaixonada por Vladímir Nikoláievitch e que o amor era o provável motivo de sua moléstia. Ela pediu as opiniões do marido e de alguns vizinhos, e, feitas as contas, todos chegaram à conclusão unânime de que talvez fosse aquele o destino de Maria Gavrílovna, que "não adianta fugir a galope do que foi prescrito", que "a pobreza não é pecado", que "não se vive com o dinheiro e, sim, com o homem" e assim por diante. As máximas morais podem ser espantosamente úteis naqueles casos em que não conseguimos inventar muita coisa para justificar nossas faltas.

Enquanto isso, a sinhá ia convalescendo. Vladímir não aparecia, havia tempos, na casa de Gavrila Gavrílovitch, receoso de ser acolhido como de praxe. Foi decidido mandar buscá-lo e anunciar-lhe a inesperada felicidade — permissão de casar-se com Macha. Qual não foi o assombro dos fazendeiros de Nenarádovo quando, em resposta ao seu convite, eles receberam uma carta amalucada do jovem! Ele declarava que nem o seu pé jamais pisaria em sua casa e pedia que esquecessem o infeliz cuja única esperança seria a morte. Alguns dias depois, os pais souberam que Vladímir partira para o exército. Isso se deu no ano de 1812.[5]

Por muito tempo não se ousava contar o acontecido a Macha que estava melhorando. Ela própria nunca se

---

[5] Ano em que a Rússia foi invadida pelo exército de Napoleão Bonaparte.

referia a Vladímir. Ao cabo de alguns meses, encontrando o seu nome na lista dos militares distinguidos e gravemente feridos em Borodinó,[6] ela caiu sem sentidos, e os pais já temiam que sua febre voltasse. Contudo, graças a Deus, a síncope não teve consequências.

Outra desgraça veio afetar a moça: Gavrila Gavrílovitch faleceu, legando-lhe todo o seu patrimônio. A herança não a consolava; sinceramente, ela compartilhava o pesar da pobre Praskóvia Petrovna, jurando que nunca a abandonaria. Ambas as mulheres deixaram Nenarádovo, local de suas tristes lembranças, e foram morar na fazenda de ***.

Ali também os solteiros giravam em volta da linda e rica noiva, mas ela não dava a ninguém nem sombra de esperança. Às vezes, até sua mãe propunha que escolhesse um amigo; Maria Gavrílovna abanava a cabeça e ficava meditativa. Vladímir não existia mais: havia morrido em Moscou, às vésperas da ocupação francesa. Sua memória parecia sagrada para Macha; ao menos, ela guardava tudo o que podia lembrá-lo — os livros que ele tinha lido outrora, seus desenhos, as partituras e poesias que o jovem copiara para ela. Cientes disso, os vizinhos admiravam sua constância e, curiosos, aguardavam aquele herói que devia enfim derrotar a tristonha fidelidade da virgem Ártemis.[7]

---

[6] Trata-se da maior batalha entre tropas russas e francesas, ocorrida em 7 de setembro de 1812 ao lado da aldeia Borodinó, a cerca de 100 quilômetros de Moscou.

[7] Na mitologia grega, deusa virgem, padroeira da caça, da fertilidade e da vida selvagem em geral.

Nesse meio-tempo, a guerra terminou gloriosamente. Nossas tropas regressavam do estrangeiro. O povo corria ao encontro delas. As orquestras tocavam as músicas conquistadas: *Vive Henri-Quatre*,[8] as valsas tirolesas e as árias da *Joconda*.[9] Os oficiais, que haviam partido para a campanha quase adolescentes, voltavam amadurecidos pelos ares da luta, cobertos de cruzes.[10] Os soldados conversavam, alegres, entre si, a cada minuto misturando palavras alemãs e francesas às suas falas. Ó tempo inolvidável, tempo da glória e do êxtase! Como batia o coração russo ao som da palavra "pátria"! Como eram doces as lágrimas do reencontro! Com quanta unanimidade nós compartíamos os sentimentos de orgulho popular e de amor pelo soberano! E para ele mesmo, como era feliz aquele momento!

As mulheres... as mulheres russas eram então incomparáveis! Sua frieza habitual desaparecera. Seus arroubos eram realmente deliciosos quando, cumprimentando os vencedores, elas gritavam: *Hurra... jogando aos ares suas toucas!*[11]

Qual dos nossos oficiais da época não reconhecerá que deve a melhor e a mais preciosa das suas condecorações à mulher russa?...

---

[8] Trecho da peça teatral *A caçada de Henri IV* de Charles Collé (1709–1783), muito popular no meio dos monarquistas franceses.

[9] Ópera cômica de Nicolas Isouard (1773–1818) encenada, em 1814, quando Paris estava ocupada pelas tropas russas.

[10] Isto é, de condecorações militares.

[11] Verso da tragicomédia *A desgraça de ser inteligente*, do diplomata e escritor russo Alexandr Griboiédov (1795–1829).

Nessa época fulgurante Maria Gavrílovna morava, com sua mãe, na província de *** e não via ambas as capitais[12] festejarem o retorno das tropas. Entretanto, o êxtase geral dos distritos e povoados era, quiçá, maior ainda. O surgimento de um oficial em tais regiões redundava numa verdadeira solenidade, e o amante de casaca se dava mal ao lado desse rival.

Já dissemos que, não obstante sua frieza, Maria Gavrílovna estava, como dantes, rodeada por pretendentes. Mas todos eles se viram forçados a recuar quando apareceu em seu castelo Burmin, um coronel dos hussardos ferido, com o São Jorge[13] na lapela e, conforme diziam as senhoritas de lá, dotado de uma palidez interessante. Ele tinha em torno de vinte e seis anos. Veio fruir uma licença em suas propriedades que se encontravam junto da aldeia de Maria Gavrílovna. Esta lhe dava muita atenção. De ordinário meditativa, alegrava-se em sua presença. Não se podia dizer que o tratava com coquetice, porém o poeta teria dito, ao reparar em sua atitude: *Se amor non é, che dunque?...*[14]

Burmin era, de fato, um jovem muito simpático. Ele tinha exatamente aquela índole que agrada as mulheres, sendo reservado e observador, alheio a quaisquer pretensões e provido de jovial ironia. Com

---

[12] São Petersburgo e Moscou.

[13] O autor tem em vista a ordem de São Jorge, a máxima comenda militar do Império Russo.

[14] *Se não é o amor, então o que é...*: verso do 88º soneto de Francesco Petrarca (1304–1374), um dos maiores poetas da Renascença italiana.

Maria Gavrílovna ele se comportava de modo simples e desenvolto; contudo sua alma e seus olhares acompanhavam tudo quanto ela dizia ou fazia. Burmin parecia modesto e sossegado, embora as comadres asseverassem que tinha sido, outrora, um patusco terrível; aliás, isso não o prejudicava na opinião de Maria Gavrílovna, a qual (como todas as jovens damas em geral) desculpava com gosto as travessuras que revelavam um caráter ardente e corajoso.

No entanto, o que mais... (mais que sua ternura, mais que sua conversa agradável, mais que sua palidez interessante, mais que seu braço pensado), o que mais lhe atiçava a curiosidade e a imaginação era o silêncio do jovem hussardo. Maria Gavrílovna não podia deixar de reconhecer que Burmin gostava muito dela; decerto ele também já pudera notar, graças à sua inteligência e experiência, que a moça o destacava. Então por que ela ainda não o vira prosternado aos seus pés nem ouvira declarações de amor? O que o retinha: a timidez inseparável de um amor verdadeiro, o orgulho ou o coquetismo de um sedutor astucioso? Nisso residia o enigma. Após uma boa reflexão, ela concluiu que o único motivo era a timidez e resolveu animar o jovem com maior cortesia e, segundo as circunstâncias, até mesmo ternura. Preparando o desfecho mais inopinado, ela esperava, impaciente, o momento das explicações romanescas. Qualquer que seja, o mistério sempre aflige o coração feminino. Essas manobras tiveram o êxito desejado: ao menos, Burmin caiu numa meditação tão profunda e seus olhos negros passaram a fitar Maria Gavrílovna com tanto fogo que o dito momento já parecia bem próximo. Os vizinhos falavam sobre o casamento, como se este já tivesse sido marcado, e a bondosa Praskóvia Petrovna andava alegre por sua filha ter arranjado, enfim, um noivo decente.

Um dia, a velhinha estava sentada só na sala de estar, dispondo as cartas de sua *grande patience*,[15] quando Burmin entrou e logo perguntou por Maria Gavrílovna. "Ela está no jardim" — respondeu a velhinha. — "Vá falar com ela, e eu ficarei esperando aqui." Burmin foi lá, e a velhinha benzeu-se, pensando: "Quem sabe se o negócio não se conclui hoje mesmo?"

Burmin encontrou Maria Gavrílovna perto de uma lagoa, ao pé de um salgueiro; de vestido branco e com um livro nas mãos, ela parecia uma autêntica heroína de um romance. Após as primeiras perguntas, Maria Gavrílovna deixou, propositalmente, de manter a conversa a fim de aumentar, desse modo, o constrangimento mútuo que só se poderia desfazer com uma explicação repentina e resoluta. Foi isso que ocorreu: sentindo o embaraço de sua situação, Burmin declarou que havia muito tempo buscava o ensejo de abrir seu coração para ela, exigindo em seguida um minuto de atenção. Maria Gavrílovna fechou o livro e abaixou os olhos em sinal de acordo.

---

[15] O mesmo jogo (*A paciência*) que as velhinhas hodiernas encontram em seus computadores.

— Amo-a — disse Burmin —, amo-a de paixão... (Corando, Maria Gavrílovna abaixou ainda mais a cabeça). Tenho tido a imprudência de entregar-me a este querido hábito, ao hábito de vê-la e de ouvi-la todos os dias... (Maria Gavrílovna recordou a primeira epístola de St.-Preux[16]). Agora é tarde demais para resistir ao meu destino; sua lembrança, sua imagem linda e incomparável serão, doravante, o sofrimento e o consolo da minha vida. Resta-me, porém, cumprir um penoso dever, contar-lhe um horrível segredo e pôr entre nós um obstáculo insuperável...

— Ele sempre existiu — interrompeu vivamente Maria Gavrílovna. — Eu jamais poderia ser sua esposa...

— Sei — respondeu ele baixinho —, sei que antanho você amou, mas a morte e três anos de pesares... Minha boa, minha querida Maria Gavrílovna! Não procure privar-me do último recurso: a ideia de que você consentiria em tornar-me feliz, caso... Cale-se, pelo amor de Deus, cale-se! Você me tortura. Sim, eu sei, eu sinto que você seria minha, mas... sou o mais desgraçado dos seres... sou casado!

Maria Gavrílovna olhou para ele com pasmo.

— Sou casado — prosseguiu Burmin —, já vai para quatro anos que sou casado e não sei quem é minha mulher, onde está ela e se a verei algum dia!

---

[16] Protagonista do romance epistolar *Júlia ou A nova Heloísa*, de Jean-Jacques Rousseau (1712–1778).

— O que é que está dizendo? — exclamou Maria Gavrílovna. — Como isso é estranho! Continue; eu vou contar a seguir... mas continue, faça-me esse favor.

— Em princípios de 1812 — disse Burmin — eu ia apressado a Vilno[17] onde estava o meu regimento. Cheguei, tarde da noite, a uma estação de posta[18] e mandei logo trocar os cavalos, mas de repente começou uma nevasca terrível, e o chefe da estação aconselhou-me, com seus cocheiros, a aguardar um pouco. Eu concordei, mas uma incompreensível ansiedade se apoderou de mim: parecia que alguém me empurrava para a frente. Enquanto isso, a nevasca não se quietava; eu não aguentei, mandei novamente atrelar os cavalos e fui embora em meio à tempestade. O cocheiro teve a ideia de ir pela margem de um rio, o que deveria subtrair três verstas ao nosso percurso. As ribanceiras estavam cobertas de neve; o cocheiro passou perto daquele lugar onde se iniciava a estrada, e, dessa maneira, vimo-nos num sítio desconhecido. A tempestade não terminava; eu avistei uma pequena luz e mandei ir para aquele lado. Chegamos a uma aldeia; a luz bruxuleava dentro de uma igreja de madeira. A igreja estava aberta, havia alguns trenós detrás da cerca; algumas pessoas andavam pelo adro. "Por aqui, por aqui!" — gritaram umas vozes. Mandei que o cocheiro

---

[17] Atualmente Vilnius, a capital da Lituânia.
[18] Estabelecimento, situado em determinado ponto de uma estrada, em que se efetuava a muda de cavalos e havia uma hospedaria para viajantes.

se aproximasse. "Misericórdia! Onde te meteste?" — disse-me alguém. — "A noiva está desmaiada, o padre não sabe o que fazer; a gente já estava prestes a ir embora. Vem, desce logo." Calado, pulei fora do trenó e entrei na igreja fracamente iluminada por duas ou três velas. Uma moça estava sentada num banquinho, no canto escuro da igreja; uma outra lhe esfregava as têmporas. "Graças a Deus" — disse esta. — "Até que enfim o senhor chegou. Quase matou a minha sinhá." Um velho sacerdote me abordou, perguntando: "O senhor manda que comecemos?" — "Comece, padre, comece" — respondi eu, distraído. Puseram a moça em pé. Achei-a assim, bonitinha... Uma leviandade incompreensível, imperdoável... postei-me ao lado dela, diante do facistol.[19] O sacerdote estava com pressa; três homens e a criada arrimavam a noiva, ocupados tão somente dela. Ficamos casados. "Beijem-se" — disseram-nos. Minha esposa voltou para mim o seu rosto pálido. Eu já queria beijá-la... Ela gritou: "Ai, não é ele, não é!" e caiu sem sentidos. As testemunhas fixaram em mim seus olhos apavorados. Virei-me, saí da igreja sem o menor estorvo, desabei em minha carroça e bradei: "Vamos!"

— Meu Deus! — exclamou Maria Gavrílovna. — E você não sabe o que aconteceu com a sua pobre mulher?

---

[19] Grande estante para livros religiosos, instalada no coro da igreja.

— Não sei — respondeu Burmin. — Não sei como se chama a aldeia onde me casei; não lembro de que estação de posta estava vindo. Àquela altura dava tão pouca importância à minha criminal travessura que, afastando-me da igreja, adormeci e só acordei na manhã seguinte, já na terceira parada. O criado que estava então comigo morreu durante a campanha, de modo que agora não tenho nem esperanças de achar a moça que escarneci com tanta crueldade e que se vingou de mim tão cruelmente assim.

— Meu Deus, meu Deus! — disse Maria Gavrílovna, pegando a sua mão. — Pois foi você! E não me reconhece?

Burmin empalideceu... e atirou-se aos pés dela...

VYI[1]

NIKOLAI GÓGOL

Tão logo tocava, de manhãzinha, o sino assaz sonoro do Seminário de Kiev, que pendia ao portão do Mosteiro da Irmandade, multidões apressadas de escolares e *bursaks*[2] dirigiam-se para lá de toda a cidade. Os gramáticos, retores, filósofos e teólogos[3] iam, com seus cadernos debaixo do braço, às aulas. Os gramáticos eram ainda muito pequenos; caminhando, eles se empurravam e xingavam um ao

[1] Vyi é uma criação colossal do imaginário popular. Os habitantes da Pequena Rússia (nome histórico da Ucrânia - N. T.) denominam assim o soberano dos gnomos, cujas pálpebras descem até o solo. Toda esta história é uma lenda folclórica. Eu não quis modificá-la em nada e conto-a quase tão simples como a tinha ouvido (N. A.).

[2] Estudantes da Bursa, classes preparatórias do Seminário Teológico de Kiev.

[3] Alunos do Seminário que, dependendo de sua idade, estudavam a gramática, a retórica, a filosofia religiosa e a teologia respectivamente.

outro com o tiple[4] mais agudo; vestiam, quase todos, as roupas esfrangalhadas ou manchadas, cujos bolsos estavam sempre cheios de toda espécie de porcaria, notadamente de dados, apitos feitos de penas, sobras de bolo, por vezes até mesmo de pardaizinhos, um dos quais, soltando de repente um pio em meio ao silêncio extraordinário das classes, proporcionava ao seu patrão fortes golpes de régua em ambas as mãos ou, vez por outra, uma chibatada com varas de ginjeira. Os retores eram mais sérios; suas roupas estavam frequentemente em plena ordem, mas, em compensação, quase sempre havia em seus rostos alguns enfeites em forma de tropos retóricos: ora um dos olhos subia até a testa, ora uma bolha inchada substituía o lábio, dentre similares indícios; eles conversavam e juravam entre si com tenores. Os filósofos falavam uma oitava mais baixo; não havia outra coisa em seus bolsos senão umas cheirosas raizinhas de tabaco. Eles não guardavam nada para depois, comendo na hora tudo quanto lhes caía nas mãos; os odores de fumo e cachaça[5] percebiam-se, às vezes, tão longe deles que, parando no meio de seu caminho, um artesão a passar ficava, por muito tempo, cheirando o ar como um cão de caça.

---

[4] A voz mais aguda, denominada "soprano" na prática musical e própria, em particular, dos meninos que ainda não alcançaram a puberdade.

[5] Trata-se, no original russo, da aguardente ucraniana, denominada "gorelka" e semelhante à cachaça artesanal.

De ordinário, o mercado só começava a mover-se nesse momento, e as feirantes com seus *búbliks*,[6] pãezinhos, sementes de melancia e bolos de dormideira puxavam, à porfia, as abas daquelas pessoas cujas vestes eram de algodão ou semelhante tecido fino.

— Sinhô, hein, sinhô, venha cá! — diziam elas de todos os lados. — Ó *búbliks*, bolinhos, bisnagas, pãezinhos de doce, gostosos! São bons como Deus é santo! Com mel... fui eu mesma que fiz!

Erguendo um comprido rolo de massa, uma das feirantes gritava:

— Ó baguete! Sinhô, compre esta baguete!

— Não comprem nada àquela ali, olhem como está imprestável: o nariz escorrendo, as mãos imundas...

Todavia, elas receavam abordar os filósofos e teólogos, já que os filósofos e teólogos sempre gostavam apenas de provar seus manjares, pegando-os, ainda por cima, a punhadões.

Chegando ao Seminário, a multidão toda se instalava nas salas de aula, baixinhas, porém bastante espaçosas, de janelas pequenas, portas largas e bancos sujos. De chofre, a classe se enchia de variegados zum-zuns: os auditores[7] escutavam os alunos; o tiple estridente de um gramático condizia exatamente ao tilintar do vidro das pequenas janelas, e o vidro lhe respondia quase em uníssono; num canto bramia um retor cuja

---

[6] Rosca eslava em forma de uma argola.

[7] Estudantes mais velhos, incumbidos de conferir o desempenho escolar de colegas mais novos.

boca de lábios carnudos devia pertencer, ao menos, à filosofia. Ele tinha uma voz muito grossa, e só se ouvia de longe: bu, bu, bu, bu... Escutando a lição, os auditores lançavam olhadas por baixo do banco, onde assomavam, do bolso do *bursak* subordinado, uma bisnaga, um *varênik*[8] ou então sementes de abóbora.

Quando toda essa turba de sabichões vinha com certa antecedência ou quando se sabia que os professores viriam mais tarde que de costume, tramava-se, de unânime acordo, uma briga, e todos deviam participar nela, até os censores encarregados de vigiar a disciplina e a moral de toda a comunidade estudantil. Dois teólogos determinavam, de praxe, onde se daria a batalha, se cada turma teria de lutar por si só ou se caberia a todos os alunos dividir-se em duas categorias: a Bursa e o Seminário. De qualquer modo, os gramáticos se punham a brigar antes de todos e, assim que se intrometiam os retores, iam correndo embora e ficavam observando o combate de um lugar alto. A seguir, entravam em cena a filosofia de compridos bigodes negros e, finalmente, a teologia com suas terríveis bombachas e gordíssimos pescoços. A teologia acabava, em regra, por bater em todo mundo, sendo a filosofia, a coçar os seus flancos, empurrada para dentro das salas de aula e sentando-se pelos bancos para descansar. Ao entrar na sala de aula, o professor (que também havia participado outrora em tais

[8] Espécie de pastel cozido em água com algum recheio doce.

combates) percebia, naquele mesmo instante em que avistava as caras ardentes de seus discípulos, que a briga não fora má, e, enquanto ele dava varadas nos dedos da retórica, outro professor empunhava, em outra sala, uma palmatória de madeira e machucava com ela as mãos da filosofia. Quanto aos teólogos, seu castigo era bem diferente: segundo uma expressão do professor de teologia, eles levavam uma porção de favas, ou seja, umas chicotadas com um curto açoite de couro.

Nos dias festivos e feriados, os seminaristas e *bursaks* iam de casa em casa com seus teatros de marionetes. Encenava-se, por vezes, uma comédia, e nesse caso destacava-se sempre algum teólogo, um pouquinho mais baixo que o campanário de Kiev, que representava Herodíade ou Pentefria,[9] esposa do cortesão egípcio. Como recompensa ele ganhava um pedaço de pano, um saco de painço, metade de um ganso assado ou coisas afins.

Todo esse povo ciente — tanto os seminaristas quanto os *bursaks* que nutriam uma espécie de aversão hereditária uns pelos outros — dispunha de pouquíssimos meios para se alimentar e, ao mesmo tempo, era extremamente guloso, de modo que contar quantas *galuchkas*[10] cada um dos alunos devorava no jantar

---

[9] Trata-se, na realidade, da anônima esposa de Potifar (Gênesis, 39), personagem bíblico que comprou José, filho de Jacó, como escravo.

[10] Espécie de raviólis cozidos em leite ou caldo.

seria uma tarefa absolutamente impossível; portanto as doações voluntárias dos colegas abastados não podiam ser suficientes. Então o senado composto de filósofos e teólogos mandava os gramáticos e retores encabeçados por um filósofo irem, com sacos nas costas, pilhar as hortas alheias — e isso se não se unia pessoalmente a eles —, e um mingau de abóboras aparecia na Bursa. Os senadores abusavam tanto de melancias e melões que no dia seguinte seus auditores ouviam duas lições em vez de uma só: a primeira advinha da boca do senador e a segunda rosnava no seu estômago. A Bursa e o Seminário usavam trajes compridos que se estendiam, à semelhança de sobrecasacas, "até aquele prazo": termo técnico que significava "além dos calcanhares".

O evento tido no Seminário como o mais solene eram as férias que começavam no mês de junho, quando soía deixar os *bursaks* voltarem para casa. Então os gramáticos, filósofos e teólogos tomavam conta de todas as grandes estradas. Quem não tinha abrigo ia repousar na casa de um dos companheiros. Os filósofos e teólogos aproveitavam a sua condição, quer dizer, incumbiam-se de dar aulas aos filhos da gente abastada e ganhavam com isso o suficiente para arranjar um par de botas para o ano todo e, algumas vezes, uma sobrecasaca nova. Toda essa caterva caminhava igual a um bando de ciganos, cozinhando o mingau e pernoitando no meio dos campos. Cada um carregava um saco em que se encontravam uma camisa e um par de *onutchas.*[11] Os teólogos eram especialmente parcimoniosos e asseados: a fim de não gastar as botas, tiravam-nas e, penduradas em paus, levavam-nas em seus ombros, sobretudo quando havia lama. Nesses casos, eles arregaçavam as suas bombachas até os joelhos e corajosamente pisavam nas poças, esparramando a água suja. Logo que avistavam ao longe um arraial, abandonavam a grande estrada e, acercando-se de uma casa que parecia mais arrumada que as outras, enfileiravam-se diante das janelas e entoavam, com toda a força, um canto espiritual. O dono da casa, um velho cossaco[12] que vivia no campo, passava muito tempo a escutá-los, apoiando a cabeça em ambas as mãos, depois rompia num pranto amaríssimo e dizia, dirigindo-se à sua mulher: "Meu benzinho, aquilo que os escolares cantam deve ser muito ajuizado; leva, pois, toucinho para eles e mais alguma coisa que temos!" Uma tigela inteira de *varêniks* despejava-se então no saco; um bom pedaço de toucinho, uns pães de trigo e, vez por outra, mesmo uma galinha amarrada acomodavam-se juntos. Ao encher a barriga, os gramáticos, retores, filósofos e teólogos voltavam a caminhar. Todavia, quanto mais eles avançavam tanto menor se tornava a sua multidão. Quase todos ficavam em suas casas, restando aqueles cujos ninhos paternos eram os mais distantes.

---

[11] Compridas e largas faixas de pano que se usavam em vez de meias, servindo para envolver as pernas até os joelhos.
[12] Descendente dos povos guerreiros que habitavam antigamente o sul da Rússia e a Ucrânia.

No decorrer de uma dessas peregrinações três *bursaks* se desviaram da grande estrada para fazer provisões no primeiro sítio que encontrassem, pois o seu saco estava vazio havia tempos. Eram o teólogo Khaliava, o filósofo Khomá Brut e o retor Tibêri Gorobetz.

O teólogo era um homem alto e robusto e tinha uma índole esquisitíssima: ele furtava, sem falta, tudo o que lhe dava na vista. Em outras ocasiões seu caráter se revelava intratabilíssimo, e ele se escondia, uma vez bêbado, entre as ervas daninhas, de forma que o Seminário só conseguia reencontrá-lo a duras penas.

O filósofo Khomá Brut tinha uma índole alegre. Ele adorava ficar deitado, fumando um cachimbo, e, quando bebia, chamava infalivelmente os músicos e dançava o *tropak*.[13] Amiúde provava das favas, porém com uma indiferença bem filosófica, dizendo que não se escapa do que há de acontecer.

O retor Tibêri Gorobetz ainda não possuía o direito de deixar crescer o bigode, de beber cachaça e de fumar. Ele usava apenas um "arenque",[14] portanto o seu caráter estava, àquela altura, pouco desenvolvido; mas, a julgar pelos grossos galos na testa que ele ostentava frequentemente em sua classe, podia-se supor que acabasse sendo um bom guerreiro. O teólogo Khaliava

[13] Dança folclórica ucraniana.

[14] Comprido tufo de cabelos que os ucranianos da época deixavam no meio da cabeça raspada, enrolando-o em volta da orelha.

e o filósofo Khomá puxavam-lhe não raro o topete, em sinal de seu favorecimento, e usavam-no como seu intermediário.

Já anoitecia, quando eles se afastaram da grande estrada. O sol acabava de se pôr, e o calor diurno ainda permanecia no ar. O teólogo e o filósofo caminhavam calados, fumando seus cachimbos; o retor Tibêri Gorobetz derrubava, a pauladas, as cabecinhas das flores que cresciam pelas margens da vereda. Esta passava por entre os esparsos grupos de carvalhos e aveleiras que cobriam o prado. Os declives e as pequenas elevações, verdes e redondas como cúpulas, surgiam, de vez em quando, naquela campina. Mostrando-se em dois lugares, um cevadal que amadurecia dera a entender que em breve apareceria uma aldeia. Contudo, fazia mais de uma hora que eles tinham atravessado a seara, mas nenhuma morada se via pela frente. O crepúsculo encobriu totalmente o céu; apenas no ocidente se apagavam os restos de uma cintilação escarlate.

— Que diacho é esse? — disse o filósofo Khomá Brut. — Tinha a certeza de que haveria logo um sítio.

Calado, o teólogo examinou as redondezas, depois colocou novamente o seu cachimbo na boca, e todos seguiram o mesmo caminho.

— Deus é pai! — disse o filósofo, parando de novo. — Não dá para ver nem o punho do tinhoso!

— Talvez encontremos, ainda assim, um sitiozinho mais adiante — respondeu o teólogo, sem largar o cachimbo.

Entretanto já anoitecera, e a noite estava bastante escura. Umas pequenas nuvens aumentavam a treva e, a julgar por todos os indícios, não se podia esperar nem as estrelas nem a lua. Os *bursaks* perceberam que tinham perdido o rumo e, havia tempos, iam a esmo.

O filósofo vasculhou de todos os lados e, afinal, disse de modo entrecortado:

— Onde é que ficou aquela senda?

O teólogo taciturno pensou um bocado e replicou:

— Pois é, a noite está escura.

Apartando-se deles, o retor se pôs a andar de quatro, procurando a senda às apalpadelas, porém suas mãos adentravam apenas as tocas de raposas. Por toda a parte só havia uma estepe, e parecia que ninguém a desbravara ainda. Os viajantes fizeram mais um esforço para avançar um pouco, mas a paisagem era agreste como dantes. O filósofo tentou gritar, mas sua voz se perdia completamente nos arredores sem provocar nenhuma resposta. Pouco depois, ouviu-se tão só um fraco gemido semelhante ao uivo de lobo.

— O que fazer, puxa vida? — exclamou o filósofo.

— O quê? Ficar por aqui e dormir no campo! — retorquiu o teólogo, pondo a mão no bolso para retirar seu fuzil e acender de novo o cachimbo. No entanto, o filósofo não podia concordar com isso. À noite ele costumava meter no bucho um pão de meio *pud*[15] e umas quatro libras de toucinho e, dessa vez, sentia

[15] Antiga medida de peso russa, equivalente a 16,38 kg.

uma solidão insuportável em seu estômago. Ademais, não obstante a sua índole jovial, o filósofo tinha certo medo de lobos.

— Não, Khaliava, não dá — disse ele. — Como é que a gente pode, sem comer nada, deitar-se assim ao comprido, feito um cachorro? Vamos tentar outra vez: toparemos, quiçá, alguma morada e tomaremos, ao menos, um copo de cachacinha antes de dormir.

Ouvindo a palavra "cachacinha", o teólogo cuspiu para um lado e disse:

— É claro que não dá para ficar no campo.

Os *bursaks* foram adiante e, para sua maior alegria, ouviram ao longe um latido. Ao definir de onde ele vinha, aceleraram o passo e, pouco depois, viram uma luz.

— Um sítio, Deus é pai, um sítio! — disse o filósofo.

Suas suposições não o ludibriaram: ao cabo de algum tempo, eles enxergaram, de fato, um sitiozinho composto de apenas duas casas que se encontravam no mesmo lote. Havia luz nas janelas, uma dezena de ameixeiras erguia-se sobre a cerca. Espiando pelas frestas de um portão de tábuas, os *bursaks* viram um pátio ocupado por carroças dos *tchumaks.*[16] Nesse ínterim, algumas estrelas repontaram no céu.

— Vejam bem, maninhos, não deem mole! Vamos dormir aqui, custe o que custar!

E os três estudiosos bateram furiosamente àquele portão, berrando:

---

[16] Tropeiros ucranianos que traziam peixe e sal da Crimeia.

— Abram!

A porta de uma das casas ficou rangendo, e, um minuto depois, os *bursaks* viram na sua frente uma velha de *tulup*[17] de couro não revestido.

— Quem está aí? — gritou ela com uma tosse surda.

— Deixa, vovó, dormir na tua casa. Estamos perdidos. O campo é tão ruim quanto a pança vazia.

— E que tipo de gente vocês são?

— Gente entendida: o teólogo Khaliava, o filósofo Brut e o retor Gorobetz.

— Não posso — resmungou a velha —, tenho a casa cheia, e tudo quanto for canto está ocupado. Onde é que vou enfiar vocês? E, ainda por cima, que povo alto e forte é esse? A minha casa vai ruir se eu hospedar tais valentões. Conheço bem aqueles filósofos e teólogos: é só começar recebendo os bebuns dessa laia, e já, já ficarei sem o meu sítio. Fora, fora daqui! Não tenho lugar para vocês.

— Mas tem piedade, vovó! Como é que pode deixar as almas cristãs perecerem assim por nadica de nada? Acomoda-nos onde quiseres. E se nós fizermos, de algum jeito, aquilo ali ou alguma coisa mais, então que nossos braços ressequem e que nos ocorra só Deus sabe o quê. E que assim seja!

A velha pareceu um pouco menos ríspida.

— Está bem — disse ela, como que refletindo —, vou deixar vocês entrarem, mas acomodarei todos

---

[17] Sobretudo de peles.

em lugares diferentes; senão meu coração não estará sossegado, se ficarem dormindo juntos.

— Sendo essa a tua vontade, não vamos contradizer — responderam os *bursaks*.

Rangeu o portão, e eles entraram no pátio.

— E aí, vovó — disse o filósofo, seguindo a velha —, e se, como se diz... Juro por Deus que é como se alguém estivesse rodando a minha barriga toda. É que não tive, desde a manhã, nem uma lasca na boca.

— Eta, o que ele quer! — disse a velha. — Não tenho, não tenho nada disso, e nem sequer acendi o forno hoje.

— E por tudo isso — continuou o filósofo — nós pagaríamos amanhã como se deve, em moeda sonante... Mas — acrescentou baixinho — não vamos ganhar merda nenhuma.

— Vão, pois, vão! Estejam contentes com o que lhes dou. Que diabo é que trouxe essa senhoria mimada!

Tais palavras deixaram o filósofo Khomá num desespero total. De súbito, seu nariz percebeu o cheiro de peixe seco. Ele olhou para a bombacha do teólogo, o qual ia ao seu lado, e viu um enorme rabo de peixe assomar-lhe do bolso: o teólogo já tivera o tempo de escamotear uma carpa inteira de uma das carroças. E, como ele não fazia isso por alguma ganância, mas tão somente por hábito e, tendo já esquecido o seu peixe, buscava outra coisa para furtar, sem pretender abrir mão nem sequer de uma roda quebrada, o filósofo Khomá pôs a mão no seu bolso, como se fosse o dele, e tirou a carpa.

A velha acomodou os *bursaks*: o retor dormiria na casa, o teólogo ficou trancado numa despensa vazia, e ao filósofo coube um aprisco, também vazio.

Uma vez sozinho, o filósofo comeu num instante a carpa, examinou as paredes do aprisco feitos de juncos entrelaçados, deu um pontapé no focinho do curioso porco que o mirava do curral vizinho e virou-se para o outro lado a fim de mergulhar num sono de pedra. Inesperadamente, a porta baixinha se abriu, e a velha entrou, curvando-se, no aprisco.

— O que é que tu queres, vovó? — perguntou o filósofo.

Entretanto a velha vinha direto ao seu encontro, abrindo os braços.

"Hum-hum!" — pensou o filósofo. — "Nada disso, queridinha, que estás meio obsoleta!" Ele recuou um pouco, mas a velha se aproximou novamente, portando-se sem cerimônias.

— Escuta, vovó! — disse o filósofo. — A gente está jejuando, e eu sou daqueles homens que nem por mil rublos de ouro iriam pecar.

Contudo, a velha abria os braços e, sem dizer uma só palavra, procurava apanhá-lo. O filósofo sentiu medo, especialmente quando vislumbrou um fulgor singular nos olhos dela.

— O que tens, vovó? Vai embora, vai com Deus! — gritou ele.

Sem uma palavra, a velha continuava a pegá-lo com suas mãos. Ele se levantou num pulo, com a intenção de fugir, porém a velha se postou às portas e, fitando-o com seus olhos fulgentes, tornou a aproximar-se dele.

O filósofo queria empurrá-la, mas notou, assombrado, que não conseguia erguer os braços nem mover as pernas e percebeu, com terror, que mesmo a sua voz não soava mais: as palavras se agitavam mudas em seus lábios. Ouvindo apenas seu coração palpitar, ele viu a velha chegar bem perto, dobrar-lhe os braços, inclinar-lhe a cabeça e saltar, com a rapidez de uma gata, em suas costas. A seguir, ela lhe deu uma vassourada nos lombos, e ele, cabriolando que nem um cavalo de sela, carregou-a nos ombros. Tudo isso aconteceu tão depressa que o filósofo mal teve tempo para voltar a si e pegar, com ambas as mãos, em seus joelhos para segurar as pernas; todavia, para seu maior pasmo, estas se moviam contra a sua vontade e faziam saltos mais velozes que os de um corcel circassiano.[18] Só quando o sítio ficou para trás, uma lisa campina se abriu pela frente e uma floresta se desdobrou, negra como o carvão, de um lado, ele disse consigo mesmo: "Pois é uma bruxa, hein?"

Emborcada, a meia-lua brilhava no céu. A tímida cintilação da meia-noite descia leve, como uma manta translúcida, e fumegava rente ao solo. As matas, os prados, os céus e os vales — tudo parecia dormir de olhos abertos. Quem dera que o vento esvoaçasse, uma vez só, por ali! Sentia-se algo morno e úmido no frescor noturno. Iguais aos cometas, as sombras das árvores e moitas espalhavam suas cunhas agudas

---

[18] Cavalo criado na Circássia, região histórica situada ao norte do Cáucaso.

pelo campo em declive. Assim era a noite em que o filósofo Khomá Brut cavalgava com uma insólita amazona nas costas. Ele intuía uma sensação angustiante, desagradável e, ao mesmo tempo, deliciosa, que se achegava ao seu coração. Abaixando a cabeça, ele via a relva, a qual estava quase sob os seus pés, crescer algures bem longe, num precipício, coberta pelas águas límpidas como as de uma fonte serrana, de modo que essa relva se assemelhava ao fundo de um mar claro e transparente até a sua maior profundeza; ao menos, ele próprio se refletia nitidamente naquele mar, bem como a velha montada em suas costas. Ele via uma espécie de sol rutilar ali, em lugar da lua; ele ouvia as campânulas azuis ressoarem, ao inclinar suas cabecinhas. Ele avistava uma iara surgir no meio dos juncos: seu dorso e sua perna roliça, elástica, toda brilhosa e ondulante, vinham à tona. A iara se voltou para ele com um canto, e seu semblante, seus olhos claros, fúlgidos e penetrantes já se aproximavam dele, invadindo-lhe a alma, já estavam à flor das águas e, ao vibrar com um riso sonoro, afastavam-se outra vez, e ela se requebrava, nadando de costas, e o contorno dos seus nebulosos seios, que pareciam faltos de lustre como a porcelana não esmaltada, volvia para o sol sua terna, redonda brancura. As pequeninas bolhas d'água perlavam-nos como miçangas. A iara se retorcia e ria na água...

Será que ele via aquilo ou não? Será que estava acordado, será que sonhava? E o que mais: um vento ou uma música que tocava, tocava e adejava, assediava-o e cravava em sua alma um trinado insuportável?...

"O que é isso?" — pensava o filósofo Khomá Brut, olhando para baixo e galopando de todas as forças. Encharcado de suor, tinha uma sensação diabolicamente doce, sentia um prazer angustiante e pavoroso que o perpassava todo. Parecia-lhe amiúde que já não havia mais coração em seu peito, e ele o segurava, amedrontado, com uma mão. Exausto e confuso, ele se pôs a rememorar todas as orações que sabia. Foi ruminando todas as fórmulas mágicas contra os espíritos do mal e, de repente, sentiu certo alívio, sentiu que seus passos ficavam cada vez mais lentos e que a bruxa sentada em suas costas estava enfraquecendo. A relva espessa roçava nele, e o filósofo já não lobrigava nada que a tornasse extraordinária. A foice lunar cintilava no céu.

"Pois bem!" — pensou o filósofo Khomá e começou a proferir suas fórmulas quase em voz alta. Livrou-se, afinal, da velha e, rápido como um relâmpago, saltou, por sua vez, nas costas dela. Com seu passo miúdo, a velha correu tão depressa que o ginete mal conseguia respirar. A terra voava embaixo; tudo estava iluminado, se bem que incompletamente, pelo luar; os vales eram lisos, mas a velocidade do voo fazia que tudo passasse disjunto e indistinto diante dos seus olhos. Ele empunhou um pedaço de pau, que estava largado pelo caminho, e pôs-se a espancar a velha com toda a força. Ela soltava brados selvagens: de início, eram furiosos e ameaçadores, depois se tornaram mais fracos, menos ásperos, repetitivos e, finalmente, passaram a soar bem baixo, mal tilintando como umas finas sinetas de prata e penetrando-lhe na alma. E, de relance, ele pensou sem querer: "Será mesmo a velha?" "Oh, não aguento mais!" — disse ela, extenuada, e caiu no chão.

Ele se reergueu e olhou para a bruxa: o arrebol já raiava e fulguravam ao longe as cúpulas douradas das igrejas de Kiev. Na sua frente jazia uma linda moça de magnífica trança desfeita e cílios compridos como umas flechas. Inconsciente, ela estendera seus alvos braços desnudos de ambos os lados do corpo; gemia e dirigia para o alto seus olhos cheios de lágrimas.

Como uma folha ao vento tremeu Khomá: uma piedade, uma estranha comoção, uma timidez, todas desconhecidas antes, dominaram-no; ele correu de todas as suas forças. Seu coração palpitava ansioso pelo caminho, e o filósofo não conseguia, de modo algum, entender qual seria o sentimento estranho e novo que se apossara dele. Já não queria voltar para o campo e ia apressado a Kiev, cismando o tempo todo naquele obscuro acontecimento.

Quase não havia *bursaks* na cidade: todos tinham ido aos sítios, ora aproveitando a sua condição ora sem condição nenhuma, porquanto se pode comer, nesses sítios da Pequena Rússia, *galuchkas*, queijo, creme de leite e *varêniks* do tamanho de um chapéu sem pagar um tostão furado. O ingente casarão estraçalhado em que se encontrava a Bursa estava decididamente vazio; por mais que o filósofo revirasse todos os cantos e mesmo apalpasse todos os buracos e fendas do telhado, não achava nenhures sequer um pedaço de toucinho nem, pelo menos, um pãozinho endurecido, guardados pelos *bursaks* segundo o seu hábito.

No entanto, o filósofo inventou logo um meio de lidar com a sua desgraça: fez, assoviando, umas três voltas pelo mercado, lançou, já bem no finzinho, uma piscadela à jovem viúva de *otchipok*[19] amarelo que vendia fitas, chumbinhos de caça e rodas, e no mesmo dia empanturrou-se de *varêniks* de trigo, de frango e de... numa palavra, não se calcula tudo aquilo que estava na mesa posta numa casinhola de barro, no meio de um pequeno ginjal. Na mesma noite o filósofo foi visto numa taberna: deitado num banco, ele fumava conforme o seu costume e acabou jogando, diante de toda a freguesia, meio rublo ao taberneiro judeu. Havia uma caneca na sua frente. Ele fitava os que entravam e saíam com olhos friamente contentes, tendo já deixado de refletir em sua aventura extraordinária.

Nesse meio-tempo, correram por toda a parte rumores de que a filha de um dos *sótniks*[20] mais ricos, cuja fazenda distava cinquenta verstas de Kiev, um dia voltara do passeio toda espancada, mal tivera forças para vir rastejando à casa paterna e, uma vez no leito de morte, pedira, antes da sua hora final, que um dos seminaristas de Kiev, Khomá Brut, fizesse seus últimos

---

[19] Espécie de touca feminina.

[20] Comandante de um destacamento de cem cossacos, chamado *sótnia*.

sacramentos e ficasse rezando em sua homenagem durante os três dias posteriores ao falecimento dela. Foi o próprio reitor quem informou o filósofo sobre isso, convidando-o de propósito para o seu gabinete e anunciando que o ilustre *sótnik* tinha mandado sua gente e uma carroça a fim de levá-lo, sem a menor demora, até a sua fazenda.

Uma vaga sensação, que o filósofo não poderia explicar a si mesmo, fê-lo estremecer. Uma tenebrosa premonição sugeriu-lhe que algo ruim esperasse por ele. Sem saber o porquê, ele disse às claras que não iria.

— Escuta, *domine*[21] Khomá! — respondeu o reitor (que, em certos casos, tratava seus subordinados de forma muito polida). — Nenhum diabo te pergunta se queres ir ou não queres. Só te digo uma coisa: se continuares ainda a mostrar tua esperteza e a bancar um sábio, eu mandarei que te passem tanto sabão nas costas e nas demais partes, com varas verdinhas de bétula, que não precisarás mais nem tomar banho.

Coçando de leve atrás da orelha, o filósofo saiu sem uma palavra e resolveu que, na primeira ocasião favorável, depositaria as esperanças em suas pernas. Todo pensativo, descia uma íngreme escada que conduzia ao pátio ladeado de álamos e parou, por um minuto, ao ouvir assaz nitidamente a voz do reitor, o qual dava ordens ao almoxarife e conversava com outra pessoa, decerto com um dos mensageiros do *sótnik*.

---

[21] Senhor (em latim).

— Agradece ao teu senhor os grãos de trigo e os ovos — dizia o reitor — e diz que, tão logo ficarem prontos aqueles livros de que ele fala, vou enviá-los de imediato. Já mandei que o escriba os copiasse. E não esqueças, meu amigão, acrescentar que na fazenda de teu senhor, que eu saiba, há bons peixes, em especial o esturjão. Não poderia ele mandar para mim, numa ocasião, alguns desses peixes, pois os que se vendem aqui na feira são ruins e caros? E tu, Yavtukh, dá um copo de cachacinha a cada valentão. Ah, sim, não deixem de amarrar o filósofo, senão ele fugirá na hora.

"Eta, filho do capeta!" — pensou o filósofo com seus botões. — "Adivinhou, bajulador pernudo!"

Ao descer a escada, ele viu uma carroça que tomou, a princípio, por um *ovin*[22] sobre quatro rodas. Ela era, de fato, tão profunda quanto um forno para tijolos: um típico carro de Cracóvia que leva, de vez, uns cinquenta judeus com suas mercadorias a todas as cidades onde seus narizes farejarem uma feira. Meia dúzia de cossacos robustos e fortes, já de certa idade, esperava pelo filósofo. Suas camisas de fino tecido, ornadas de borlas, atestavam que eles serviam um amo bastante influente e rico; suas pequenas cicatrizes diziam que tinham participado outrora de uma guerra, e não sem alguma glória.

"Fazer o quê? O que há de acontecer acontecerá!" — pensou o filósofo e, dirigindo-se aos cossacos, disse em voz alta:

---

[22] Secador industrial para cereais.

— Bom dia, irmãos-companheiros!

— Salve, senhor filósofo! — responderam alguns dos cossacos.

— Terei, pois, que viajar com vocês? E o carroção é notável! — continuou ele, subindo. — É só chamar os músicos e daria para dançar aqui dentro.

— Sim, uma carruagem proporcional! — disse um dos cossacos, sentando-se na boleia, ao lado do cocheiro que, tendo já empenhado seu chapéu numa bodega, envolvera a cabeça com uma faixa de pano. Os outros cinco cossacos acomodaram-se, junto do filósofo, dentro do carroção, em cima dos sacos atulhados de diversas coisas compradas na cidade.

— Seria interessante saber... — disse o filósofo. — Se, por exemplo, a gente carregasse esta carroça com alguma mercadoria, digamos, com sal ou cunhas de ferro, de quantos cavalos se precisaria então?

— Sim — respondeu, após uma pausa, o cossaco sentado na boleia —, precisaríamos de uma quantidade suficiente de cavalos.

Dando tal resposta satisfatória, o cossaco se atribuiu o direito de ficar calado por todo o resto da viagem.

O filósofo tinha enorme vontade de saber, mais detalhadamente, quem era aquele *sótnik*, que índole possuía, o que se falava de sua filha que voltara para casa de maneira tão extraordinária e estava para morrer e cuja história se ligava agora à dele próprio, o que e como se fazia em sua casa. Ele não cessava de perguntar, mas os cossacos, provavelmente, também eram filósofos, porque em resposta permaneciam silenciosos e, reclinados sobre os sacos, fumavam os seus cachimbos. Apenas um deles se dirigiu ao cocheiro sentado na boleia com uma ordem sucinta: "Olha aí, Overko, velho pateta: quando te achegares à bodega que fica na estrada Tchukhráilovskaia, não te esqueças de parar e acordar a mim e aos outros valentões, caso alguém adormeça." Dito isso, ele adormeceu, roncando bastante alto. De resto, essas instruções eram completamente dispensáveis, visto que, mal a carroça gigante se acercou da bodega situada na estrada Tchukhráilovskaia, todos bradaram numa voz só: "Para!" Ademais, os cavalos de Overko já estavam tão acostumados que paravam sozinhos diante de cada bodega. Não obstante um cálido dia de julho, todos desceram da carroça e adentraram uma sala baixinha e suja onde o solícito taberneiro judeu acolheu, com sinais de alegria, seus velhos conhecidos. O judeu trouxe, debaixo da sua aba, umas linguiças de carne de porco e, colocando-as na mesa, logo virou as costas àquele fruto proibido pelo Talmude.[23] Todos se sentaram ao redor da mesa. As canecas de barro surgiram diante de cada um dos visitantes. O filósofo Khomá teve de participar do festim. E, como os habitantes da Pequena Rússia hão de beijar um ao outro ou de prantear, depois de bêbados, toda a casa se encheu, em breve, de tais afagos: "Pois bem, Spirid, beijemo-nos!" — "Vem cá, Dorôch, que eu te abraço!"

---

[23] Livro sagrado do povo judeu.

Um dos cossacos, um tanto mais velho que seus companheiros, de bigode grisalho, apoiou a bochecha numa das mãos e rompeu a chorar, lamentando não ter pai nem mãe e viver totalmente só neste mundo. Outro cossaco era um grande arrazoador e não cessava de consolá-lo, dizendo: "Não chores, pelo amor de Deus, não chores! O que fazer... Deus sabe como e o que é." Um outro ainda, chamado Doróch, estava extremamente curioso e, voltando-se para o filósofo Khomá, indagava sem trégua:

— Eu gostaria de saber o que lhes ensinam na Bursa: a mesma coisa que o sacristão lê na igreja ou coisa diferente?

— Não perguntes! — dizia, arrastando a frase, o arrazoador. — Que seja lá assim como era. Deus é que sabe como se deve ser, Deus sabe tudo.

— Não, eu quero saber — insistia Doróch — o que está escrito naqueles livrinhos. Talvez não seja nada daquilo que diz o sacristão.

— Oh, meu Deus, meu Deus! — respondia o respeitável tutor. — Por que dizes isso? Foi assim que a vontade divina determinou. O que Deus outorgou a gente não pode mudar.

— Eu quero saber tudo o que está escrito. Vou estudar na Bursa, juro por Deus que vou! Pensas que não aprenderei? Aprenderei tudo, tudinho!

— Oh, meu santo Deus, meu Deus!... — disse o consolador e pôs sua cabeça na mesa, por não ter mais nenhuma possibilidade de mantê-la erguida.

Os demais cossacos deliberavam sobre a senhoria e por que motivo a lua brilhava no céu.

Diante de tal estado de espírito, o filósofo Khomá decidiu aproveitar a ocasião para escapulir. Primeiro ele abordou o cossaco grisalho, saudoso do pai e da mãe.

— Por que estás chorando, titio? — disse ele. — Eu cá também sou órfão! Deixem-me ir, rapazes! Não precisam mesmo de mim!

— Vamos deixá-lo ir — replicaram alguns —, pois ele é um órfão! Que vá aonde quiser.

— Oh, meu santo Deus, meu Deus! — proferiu o consolador, levantando a cabeça. — Deixem-no ir! Que vá embora!

Os próprios cossacos já queriam levá-lo até os campos, mas aquele que vinha manifestando sua curiosidade deteve-os, dizendo:

— Não trisquem nele: quero falar com ele sobre a Bursa. Eu mesmo vou estudar...

Aliás, era pouco provável que essa fuga pudesse dar certo, pois, quando o filósofo tentou levantar-se da mesa, suas pernas ficaram como que de madeira e pareceu-lhe que a sala dispunha de tantas portas que não lhe seria possível achar a única verdadeira.

Apenas ao anoitecer toda aquela súcia se recordou de que precisava seguir a viagem. Escalando a carroça, todos foram adiante, apressando os cavalos e entoando uma canção cuja letra e sentido ninguém decifraria. Ao passar a maior parte da noite rodando, perdendo volta e meia o rumo que sabiam de cor e salteado, eles acabaram por descer de um íngreme morro para um vale, e o filósofo avistou uma paliçada ou outra espécie de cerca, a qual se estendia de lado, com várias árvores baixas e telhados a assomarem por trás destas. Era uma grande povoação que pertencia ao *sótnik*. Já tinha passado da meia-noite; o céu estava escuro e umas estrelinhas luziam aqui ou acolá. Não havia luz em nenhuma das casas. Acompanhados por um latido de cães, eles entraram num pátio. De ambos os lados viam-se granjas cobertas de palha e pequenas casas. Uma delas, situada exatamente no centro, em face do portão, era maior que as outras e, pelo visto, servia de morada ao *sótnik*. A carroça parou na frente de uma pequena granja, e nossos viajantes foram dormir. O filósofo queria examinar um pouco a mansão senhoril do lado de fora; no entanto, por mais que arregalasse os olhos, não enxergava nada de forma clara: em lugar da casa, aparecia-lhe um urso, a chaminé tomava as feições do reitor. O filósofo desistiu e foi para a cama.

Quando o filósofo acordou, toda a casa estava em movimento: a senhorita morrera aquela noite. Azafamados, os serviçais iam e vinham correndo. Umas velhinhas choravam. Uma multidão de curiosos olhava, através da cerca, para o pátio do senhor, como se pudesse ver algo.

Enquanto desocupado, o filósofo começou a examinar aqueles lugares que não conseguira perscrutar à noite. A casa senhoril era uma construção baixinha, não muito grande, uma daquelas que soía edificar, em tempos antigos, na Pequena Rússia. Um telhado de palha cobria-a. Um pequeno frontão, agudo e alto, com uma janelinha parecida a um olho erguido, estava todo pintado de flores azuis e amarelas, bem como de meias-luas vermelhas. Ele se firmava em colunazinhas de carvalho, cuja parte superior era redonda e sofisticamente torneada, e a parte inferior tinha a forma hexaédrica. Debaixo desse frontão encontrava-se um pequeno terraço de entrada, com bancos de ambos os lados. Nas partes laterais da casa havia alpendres sustentados pelas mesmas colunazinhas, vez por outra espiraladas. Uma alta pereira de topo piramidal e folhagem tremente verdejava defronte da casa. Alguns celeiros dispostos em duas fileiras ficavam no meio do pátio, formando uma espécie de larga rua que levava até a casa. Detrás dos celeiros, ao pé do portão, havia duas adegas, uma situada diante da outra e ambas também cobertas de palha. A parede triangular de cada adega era munida de uma porta baixinha e ostentava diversas imagens. Numa das paredes estava desenhado um cossaco sentado em cima de um barril, que levantava sobre a sua cabeça uma caneca com a inscrição: "Beberei tudo"; na outra parede havia um cantil, várias *suleias*[24] e, pelos lados, decerto por motivos de beleza, um cavalo virado de cabeça para baixo, um cachimbo, uns pandeiros e a inscrição: "O vinho é a alegria dos cossacos". Do sótão de uma das granjas assomavam,

---

[24] Garrafas para vinho ou azeite que tinham gargalos compridos.

através de uma imensa claraboia, um tambor e umas cornetas de cobre. Dois canhões estavam perto do portão. Tudo indicava que o dono da casa gostava de banquetear-se e que os gritos festivos retumbavam amiúde no seu pátio. Além do portão encontravam-se dois moinhos de vento. Os jardins se estendiam detrás da casa; apenas se viam lá, por entre as copas das árvores, os chapeuzinhos escuros das chaminés escondidas na mescla verde das casinholas. A aldeia ficava toda no largo e liso sopé de um morro. Do lado norte esse morro abrupto tapava tudo, terminando rente ao próprio pátio. Se visto de baixo para cima, ele parecia mais íngreme ainda, e em seu cume alto erguiam-se, aqui e acolá, os informes caules das magras ervas daninhas, destacando-se, pretos, sobre a claridade do céu. O aspecto nu e barrento do morro suscitava certa tristeza. Todo cortado por ravinas e sulcos, que as chuvas tinham cavado, ele trazia duas casinhas em sua escarpada ladeira; uma grande macieira, que se apoiava em pequenas estacas cravadas no solo junto das suas raízes, lançava seus galhos por sobre uma delas. As maçãs arrancadas pelo vento caíam rolando no pátio senhoril. Uma tortuosa vereda descia do alto do morro, passando rente ao pátio e conduzindo até a aldeia. Ao avistar essa terrível escarpa e relembrar a viagem noturna, o filósofo concluiu que os cavalos do senhor eram por demais inteligentes ou então os cossacos tinham cabeças por demais fortes, desde que haviam conseguido, mesmo naquela embriaguez toda, não despencar dali, de cabeça para baixo, com sua imensurável carroça e suas bagagens. O filósofo estava no ponto mais alto do pátio e, quando se virou e olhou para o lado oposto, viu uma paisagem bem diferente. Construída em declive, a aldeia descia para uma campina. Os prados infindos se desdobravam num espaço muito amplo; seu vivo verdor ia escurecendo, à medida que eles se afastavam, e renques inteiros de vilarejos se vislumbravam, azulados, ao longe, conquanto ficassem a mais de vinte verstas de distância. Do lado direito desses prados havia uma serra, e o longínquo rio Dnieper ardia e negrejava qual uma faixa quase imperceptível.

— Eh, que lugar delicioso! — disse o filósofo. — Quem dera morar cá, pescar no Dnieper e nas lagoas, caçar sisões e narcejas com redes ou uma espingarda! Aliás, eu penso que as abetardas também são muitas naqueles prados. Quanto às frutas, pode-se secá-las e depois vendê-las, aos magotes, na cidade ou, melhor ainda, fazer delas vodca, já que a vodca de frutas nem se compara a nenhuma *braga*.[25] E... não seria inoportuno pensar em como fugir daqui.

Ele reparou numa pequena vereda que passava além da cerca, toda coberta por ervas daninhas em expansão. Pisou nela maquinalmente, pensando que iria, de início, dar só uma volta e depois fugiria, às escondidas, por entre as casinholas, para os campos, e de repente sentiu uma mão assaz forte pousar-lhe no ombro.

---

[25] Espécie de cerveja artesanal.

Atrás dele estava aquele mesmo cossaco idoso que na noite anterior lamentava, com tanto amargor, a morte dos pais e a sua solidão.

— Debalde tu pensas, senhor filósofo, em como fugir da fazenda! — disse ele. — Nosso estabelecimento não é daqueles de onde se pode escapulir; ainda por cima, os caminhos são maus para um pedestre. É melhor ires ver o senhor: faz tempo que ele te aguarda na sua *svetlitsa*.[26]

— Vamos! Fazer o quê... Com todo o prazer — disse o filósofo e seguiu o cossaco.

O *sótnik*, já vivido, de bigode grisalho e expressão melancólica, estava sentado na *svetlitsa*, diante de uma mesa, apoiando a cabeça em ambas as mãos. Ele tinha em torno de cinquenta anos, mas a soturna tristeza de seu semblante e sua tez pálida e doentia mostravam que sua alma fora trucidada e destruída de súbito, num só minuto, e que a antiga alegria e a vida animada dele haviam desaparecido para sempre. Quando Khomá entrou, com o velho cossaco, o *sótnik* retirou uma das mãos e abanou de leve a cabeça em resposta à sua mesura profunda.

Khomá e o cossaco pararam, respeitosos, junto das portas.

— Quem és, gente boa, de onde vieste e que título tens? — perguntou o *sótnik*, nem afável e nem severo.

— Sou da Bursa: filósofo Khomá Brut.

---

[26] Sala de visitas na antiga casa eslava.

— E quem era teu pai?

— Não sei, ilustre senhor.

— E tua mãe?

— Tampouco a conheci. A raciocinar bem, certamente tive a mãe, porém quem é ela, de onde era e quando viveu — juro por Deus, meu benfeitor, que não sei.

O *sótnik* ficou calado e, aparentemente, passou um minuto a refletir.

— Como foi, pois, que conheceste a minha filha?

— Não a conheço, ilustre senhor, juro por Deus que não a conheço. Ainda não fiz nenhum negócio com as moças, desde que vivo neste mundo. Eis uma figa para elas, se não disser coisa pior.

— Então por que ela pediu que justamente tu rezasses por ela e não qualquer outra pessoa?

O filósofo deu de ombros:

— Só Deus sabe como explicar isso. É sabido, porém, que os senhores querem, às vezes, tais coisas que nem um sujeito inteligentíssimo compreenderia. Até o provérbio diz: "Corre, rapaz, como o *pan*[27] correr faz!"

— E não estarás mentindo, senhor filósofo?

— Que o trovão me abata, neste mesmo lugar, se estiver mentindo!

— Se ela tivesse vivido apenas um minutinho a mais — disse o *sótnik* entristecido —, então, com certeza, eu teria sabido tudo. "Não deixes ninguém rezar

---

[27] Senhor, amo (em várias línguas eslavas).

por mim, mas ordena, papai, que vão sem demora ao Seminário de Kiev e tragam o *bursak* Khomá Brut. Que ele reze três noites pela minha alma pecadora. Ele sabe..." Mas o que sabe, exatamente, já não ouvi. Ela, minha filhinha, só pôde dizer aquilo e faleceu. Tu, gente boa, deves ser reputado por tua vida santa e feitos em nome de Deus, e ela ouvira, talvez, falarem de ti.

— Quem, eu? — perguntou o *bursak*, recuando de tão surpreso. — Minha vida santa? — continuou, olhando direto nos olhos do *sótnik*. — Deus lhe acuda, senhor! O que está dizendo? Pois eu, ainda que seja indecoroso contá-lo, ia ver a padeira bem na Quinta-Feira Santa.

— Bom... mas, por certo, não foi à toa que assim se decidiu. Cabe-te começar teu serviço hoje mesmo.

— Eu cá responderia à Vossa Excelência... é que, seguramente, qualquer homem instruído acerca das Escrituras pode, em certa medida... contudo, seria mais apropriado chamar aqui um diácono ou, pelo menos, um sacristão. São pessoas esclarecidas e sabem já como isso se faz, mas eu... Nem voz conveniente eu tenho e sou, eu mesmo, sabe lá o diabo o quê. Não tenho sequer aparência decente.

— Queiras ou não, mas tudo o que minha filhinha pediu eu cumprirei, sem poupar nada. Se tu rezares por ela três noites, a começar pela de hoje, como se deve, vou recompensar-te; senão, nem ao próprio capeta aconselharia que me deixasse zangado.

O *sótnik* pronunciou as últimas palavras com tanta força que o filósofo entendeu plenamente o seu significado.

— Vem comigo! — disse o *sótnik*.

Eles foram à antessala. O *sótnik* abriu a porta da outra *svetlitsa* que se encontrava em face da primeira. O filósofo se deteve, por um minuto, na antessala, a fim de assoar o nariz, e, tomado de um medo involuntário, passou a soleira. Todo o chão estava alcatifado de pano vermelho chinês. Num canto, sob os ícones, havia uma alta mesa coberta por uma colcha de veludo azul, adornada de franjas e borlas de ouro, em cima da qual jazia o corpo da finada. As altas tochas de cera, envoltas em ramos de viburno, ardiam perto dos seus pés e da sua cabeça, derramando uma luz turva que se perdia no fulgor diurno. Sentado na frente dela, de costas para as portas, o pai inconsolável ocultava o rosto da morta. O filósofo ficou estupefato com as palavras que tinha ouvido:

— Não lamento, minha queridíssima filha, que na flor da tua idade, sem completares o prazo adjudicado, tu tenhas deixado a terra para a minha tristeza e amargura. Lamento, minha filhinha, não saber quem foi, meu inimigo raivoso, o culpado de tua morte. E se eu soubesse quem pudera apenas pensar em ofender-te ou dissera, ao menos, algo desagradável a teu respeito, então — juro por Deus — ele não chegaria mais a ver seus filhos, se fosse tão velho quanto eu, ou seus pais, se fosse ainda bastante novo, e o corpo dele seria jogado às aves e bichos de estepe, para que o devorassem.

Mas ai de mim, minha bonina campestre, minha codorniz pequenina, minha estrelinha, que viverei o resto dos meus dias sem alegria, a enxugar com minha aba estas miúdas lágrimas que me escorrem dos velhos olhos, enquanto meu inimigo se alegrar e zombar, à socapa, deste fraco ancião...

Ele se calou por causa do pesar dilacerante que redundou em todo um dilúvio de prantos.

O filósofo ficou enternecido com essa tristeza inconsolável. Ele tossiu e soltou um surdo grasnido, querendo afinar um pouco a sua voz.

O *sótnik* se virou e apontou-lhe um lugar à cabeceira da morta, diante de um pequeno facistol em que havia uns livros.

"Vou trabalhar, de algum jeito, essas três noites" — pensou o filósofo. — "Por isso o senhor me encherá os dois bolsos de rublos sonantes."

Ele se achegou à mesa e, tossindo mais uma vez, começou a ler as orações, sem prestar nenhuma atenção ao que estava em sua volta nem se atrever a olhar para o rosto da morta. Fez-se um profundo silêncio. Ele notou que o *sótnik* havia saído. Virou devagar a cabeça, a fim de ver a finada, e...

Um tremor percorreu-lhe as veias: a mais linda mulher que jamais existira na terra jazia na sua frente. Parecia que os traços do rosto humano ainda nunca tinham formado uma beleza tão cortante e, ao mesmo tempo, tão harmoniosa. Ela jazia ali como se estivesse viva. Sua fronte preclara, terna como a neve ou a prata, aparentava o pensamento; suas sobrancelhas finas e retas — uma treva em pleno dia ensolarado — estavam orgulhosamente soerguidas sobre os olhos fechados, e seus cílios que recaíam, como as flechas, nas faces irradiavam o ardor dos secretos desejos; seus lábios assemelhavam-se aos rubis prestes a esboçar um sorriso... Todavia, nessas mesmas feições o filósofo lobrigava algo terrivelmente penetrante. Ele percebia uma leve inquietude mórbida surgir em sua alma, como se de repente, no meio de um turbilhão de alegria, de uma multidão a dançar em roda, alguém tivesse entoado uma cantiga sobre o povo oprimido. Os rubis desses lábios como que se grudavam, com sangue coagulado, ao coração dele. De chofre, algo pavorosamente familiar transpareceu nesse rosto.

— A bruxa! — exclamou ele com uma voz alterada, desviou os olhos e, todo pálido, tornou a ler suas rezas.

Era aquela mesma bruxa que ele matara.

Ao passo que o sol se punha, a morta foi levada para a igreja. O filósofo sustentava, com um dos seus ombros, o funéreo caixão preto e sentia nesse ombro algo frio que nem o gelo. O próprio *sótnik* ia na frente, segurando o lado direito da constrita morada da morta. Uma tristonha igreja de madeira, encimada por três cúpulas cônicas, enegrecida, coberta de musgo verde, ficava quase na extremidade da aldeia. Via-se que nenhuma missa era celebrada nela havia tempos. As velas estavam acesas perante a maioria dos ícones. O caixão foi posto bem no meio, diante do altar. O velho *sótnik* beijou, mais uma vez, a finada, prosternou--se no chão e saiu com os carregadores porta afora, mandando que alimentassem bem o filósofo e que o reconduzissem, após o jantar, para a igreja. Ao entrarem na cozinha, todos os que haviam levado o caixão foram apertando suas mãos contra o forno, como fazem, de costume, os habitantes da Pequena Rússia depois de ver um defunto.

A fome, que o filósofo começava a sentir nesse meio-tempo, fez que se esquecesse completamente, ao menos por alguns minutos, da morta. Em breve, todos os serviçais se reuniram, aos poucos, na cozinha que, na casa do *sótnik*, era algo semelhante a um clube aonde afluía tudo quanto havia na fazenda, inclusive os cachorros que vinham, abanando os rabos, procurar ossos e lavaduras ao pé das portas. Qualquer pessoa, mandada para qualquer lugar e com qualquer incumbência, sempre passava, antes de tudo, pela cozinha, a fim de descansar um minutinho num banco e acender um cachimbo. Todos os solteiros, que moravam naquela casa e trajavam vistosas camisas de cossacos, ficavam quase dias inteiros deitados ali — em cima do banco, embaixo do banco, sobre o próprio forno... numa palavra, em todo lugar que convinha minimamente para se deitar. Ademais, cada um sempre esquecia na cozinha seu chapéu ou o chicote para açoitar os cães do vizinho ou algo parecido. No entanto, a companhia mais numerosa se reunia durante o jantar, quando apareciam o campino, que acabava de dispor seus cavalos na cocheira, e o pastor, que levava as vacas para a ordenha, e todos aqueles que não se podia ver ao longo do dia. Servido o jantar, a tagarelice tomava conta até das línguas mais reservadas. Então se falava, de praxe, sobre toda e qualquer coisa: quem se fizera uma nova bombacha, o que se encontrava no interior da terra e quem já vira um lobo. Havia lá muitos conversadores que, aliás, não fazem míngua dentre os habitantes da Pequena Rússia.

O filósofo se sentou junto dos outros que se uniram num grande círculo ao ar livre, ante a entrada da cozinha. Logo uma velhota de *otchipok* vermelho assomou à porta, segurando com ambas as mãos um quente pote de *galuchkas*, e colocou-o em meio aos que se preparavam para jantar. Cada um tirou do bolso a sua colher de madeira; aqueles que não a tinham pegaram palitos. Assim que os lábios passaram a mover-se um pouco mais devagar e a fome canina de toda aquela assembleia ficou um pouco menos aguda, muitos se puseram a conversar. A conversa havia, naturalmente, de se referir à finada.

— É verdade — perguntou um jovem ovelheiro, que tinha pregado em sua correia de couro para o cachimbo tantos botões e placas de cobre que se assemelhava à lojinha de uma pequena comerciante —, é verdade que a senhorita, para não falarmos mal dela, andava com o tinhoso?

— Quem, a senhorita? — disse Doróch, que nosso filósofo já conhecia. — Pois era uma bruxa rematada! Juro que era bruxa!

— Chega, chega, Doróch! — disse o outro cossaco, que revelara, durante a travessia, uma grande solicitude em consolar. — Não é da nossa conta, que Deus a tenha. Não se deve falar nisso.

Contudo, Dorónch não estava nem um pouco disposto a calar-se. Encarregado de algum negócio útil, ele acabara de descer, com o almoxarife, ao porão e, inclinando-se umas duas vezes sobre dois ou três barris, saíra dali jovial e falaz em demasia.

— O que queres? Que eu me cale? — retrucou ele. — Mas ela cavalgou em mim mesmo! Juro por Deus que cavalgou!

— Pois bem, titio — disse o jovem ovelheiro apinhado de botões —, será que a gente pode reconhecer uma bruxa por alguns sinais?

— Não pode — respondeu Doróch. — De jeito nenhum: nem que leias todos os salmos, não vais reconhecê-la.

— Pode, sim, pode, Doróch. Não fales assim — replicou o consolador. — Não foi à toa que Deus concedeu a todos seus usos particulares. Aqueles que entendem de ciências dizem que a bruxa tem um pequeno rabinho.

— Quando a mulher envelhece, vira uma bruxa — disse impassivelmente o cossaco grisalho.

— Eta, que coisa boa são vocês mesmos — rebateu a velhota que punha, nesse ínterim, mais *galuchkas* no pote esvaziado —, seus porcos gordos!

Um prazenteiro sorriso imprimiu-se nos lábios do velho cossaco, de nome Yavtukh e sobrenome Kovtun, quando ele percebeu que suas palavras tinham irritado a velhota; o pastor de gado soltou, por sua vez, uma risada selvagem, como se dois touros, postando-se um defronte do outro, mugissem juntos.

Essa conversa deixou o filósofo curioso e suscitou-lhe uma vontade irresistível de saber mais detalhes sobre a finada filha do *sótnik*. Assim, desejando fazê-la voltar ao assunto precedente, ele dirigiu ao seu vizinho as palavras seguintes:

— Gostaria de perguntar por que toda essa turma que está jantando considera a senhorita como uma bruxa. Será que ela causou algum mal a alguém ou acabou com uma pessoa?

— Houve de tudo — respondeu um dos cossacos, cujo semblante liso se parecia singularmente com uma pá.

— Quem é que não lembra o caçador Mikita ou aquele...

— E quem é o caçador Mikita? — indagou o filósofo.

— Espera! Eu vou contar sobre o caçador Mikita — disse Dorócha.

— Eu contarei sobre Mikita — retorquiu o pastor —, que ele foi meu compadre.

— Sou eu quem vai contar — disse Spirid.

— Deixem, deixem Spirid contar! — bradou a multidão.

Spirid começou:

— Tu, senhor filósofo Khomá, não conheceste Mikita. Eh, que homem raro ele era! Conhecia, na época, qualquer cão como o seu próprio pai. O caçador de hoje, Mikola, que é o terceiro sentado atrás de mim, não chega nem aos pés dele. Ainda que entenda também do seu ofício, seria, se comparado àquele homem, uma droga, uma lavagem.

— Tu contas bem, muito bem! — disse Doróch, fazendo um sinal aprobativo com a cabeça.

Spirid prosseguiu:

— Ele reparava numa lebre mais depressa do que tu tiras o tabaco do nariz. Assoviava, às vezes: "Vem, Ladrão! Vem, Rápida!" e ia embora a todo o galope, e já não daria para contar quem corria na frente, ele ou seus cães. Bebia um quartilho[28] de branquinha de um gole só, como se não houvesse. Era um caçador excelente! Mas, desde um certo momento, começou a olhar, o tempo todo, para a senhorita. Não sei se ele teve uma queda por ela ou se a própria senhorita o enfeitiçou desse modo, mas pereceu o homem, tornou-se um verdadeiro maricas, virou sabe lá o diabo o quê — arre, até dizer isso é indecente.

— Está bem — disse Doróch.

— Assim que a senhorita jogava uma olhada para ele, soltava as rédeas, chamava Ladrão de Lobão, tropeçava e fazia não se sabe o quê. Um dia, a senhorita veio até a cocheira onde ele limpava o seu cavalo. "Deixa, Mikitka" — disse — "que eu ponha a minha perninha em cima de ti." E ele, bobalhão, ficou todo contente. "Não só põe a perninha" — respondeu —, "mas senta-te sobre mim todinha." A senhorita levantou a perna, e, quando ele viu aquela coxa nua, roliça e branca, então o feitiço o atordoou de vez, segundo contou. O homem curvou as costas, bobalhão, e,

---

[28] Antiga medida de volume para líquidos, equivalente a meio litro.

pegando com as duas mãos nas nuas perninhas dela, foi galopando, feito um cavalo, por todos os campos, e para onde eles foram, disso ele não pôde dizer nada, apenas voltou quase morto e, desde aquele dia, ficou todo seco que nem uma lasca, e, quando a gente foi, uma vez, à cocheira, havia lá tão somente um montão de cinzas, no lugar dele, e um balde vazio — queimou o homem por completo, queimou sozinho. E era um tal caçador que não se acharia seu par no mundo inteiro.

Terminando Spirid o seu relato, por toda parte correu um zum-zum sobre as qualidades do caçador falecido.

— E não ouviste falar de Cheptchikha? — perguntou Doróch, dirigindo-se a Khomá.

— Não.

— Puxa vida! Parece que não ensinam grande sabedoria na tua Bursa. Escuta, pois! Há em nossa aldeia um cossaco chamado Cheptun. Um bom cossaco! Gosta, de vez em quando, de furtar alguma coisa e de mentir sem nenhuma necessidade, mas... é um bom cossaco. A casa dele não fica tão longe daqui. Na mesma hora em que a gente se pôs agora a jantar, Cheptun e sua mulher, que já tinham jantado, foram dormir, e, como fazia bom tempo, Cheptchikha se deitou no quintal e Cheptun em casa, num banco, ou não... Cheptchikha em casa, num banco, e Cheptun no quintal...

— Não foi num banco que Cheptchikha se deitou, foi no chão — interrompeu a velhota que estava na soleira, apoiando sua bochecha numa das mãos.

Doróch olhou para ela, depois para baixo, em seguida para ela de novo, fez uma breve pausa e disse:

— Quando eu te deixar pelada na frente de todo mundo, a coisa será feia.

Essa advertência surtiu efeito: calando-se, a velhota não voltou nenhuma vez a interromper seu discurso.

Doróch continuou:

— E no berço pendurado no meio da casa estava uma criança de um aninho — não sei se de sexo masculino ou feminino. Cheptchikha se deitou e depois ouviu um cachorro arranhar sua porta e uivar de um jeito que daria logo para fugir da casa. Ela ficou assustada: essas mulheres são todas uma gentinha tão boba que, se tu lhes mostrares, de noitinha, a língua por trás da porta, elas estão morrendo de medo. Contudo, ela pensou: "Vou dar uma pancada no focinho do maldito cachorro, talvez ele pare de uivar!" e, pegando um atiçador, foi abrir a porta. Mal abriu uma fresta apenas, aquele cachorro passou rapidinho entre as pernas dela e correu direto ao berço da criança. Aí Cheptchikha viu que não era mais um cachorro e, sim, a nossa senhorita em pessoa; e, se fosse a senhorita tal como Cheptchikha a conhecia, seria ainda bem, mas eis a coisa e circunstância: ela estava toda azul, e seu olhar flamejava como o carvão. Pegou a criança, mordeu-lhe o pescoço e começou a chupar o seu sangue. Cheptchikha gritou apenas: "Oh, desgraça!" e tentou escapar, mas percebeu que as portas da antessala estavam trancadas. Subiu, pois, ao sótão, ficou lá tremendo, boba mulher, e depois viu a senhorita subir igualmente ao sótão; partiu para cima dela e foi mordendo a boba. Pela manhã, Cheptun retirou dali sua mulher, toda dilacerada e azulada. E, no dia seguinte, aquela boba morreu. Eis que ciladas e seduções acontecem! Ainda que seja da laia senhoril, mas quando é uma bruxa é para valer.

Ao cabo desse relato, Doróch olhou ao redor, contente consigo mesmo, e enfiou o dedo em seu cachimbo, preparando-se para enchê-lo de tabaco. O tema de bruxas tornou-se inesgotável. Cada um se apressava, por sua vez, a contar algo: um dos convivas teria visto a bruxa aparecer, em forma de um feixe de feno, bem às portas de sua casa; outro teria tido seu chapéu ou seu cachimbo furtado por ela; havia muitas moças na aldeia cujas tranças a bruxa teria cortado e uns cossacos de que ela teria bebido vários baldes de sangue.

Por fim, toda a turma se recobrou e percebeu que tinha papeado demais, pois a noite já estava escura lá fora. Todos se dirigiram para os seus leitos que se encontravam na cozinha, nas granjas ou então no meio do pátio.

— Bem, senhor Khomá, está na hora de a gente ir velar a finada — disse o cossaco grisalho, voltando-se para o filósofo, e os quatro homens, inclusive Spirid e Doróch, foram para a igreja, chicoteando, pelo caminho, os cachorros que eram numerosos naquela aldeia e mordiam, com fúria, as suas vergastas.

Apesar de se ter fortalecido com uma boa caneca de cachaça, o filósofo sentia uma timidez que o assediava furtivamente, à medida que ele se aproximava da igreja iluminada. As estranhas histórias que tinha ouvido atiçavam ainda mais sua imaginação. As trevas debaixo da paliçada e das árvores dissipavam-se aos poucos, o local ficava mais e mais ermo. Afinal, eles atravessaram a vetusta cerca da igreja e adentraram um pequeno pátio detrás do qual não havia sequer uma arvorezinha e estendiam-se apenas um campo vazio e alguns prados imersos no breu noturno. Três cossacos subiram, acompanhando Khomá, uma íngreme escada e entraram na igreja. Ali deixaram o filósofo só, desejando-lhe cumprir com êxito suas obrigações, e trancaram a porta conforme a ordem do senhor.

O filósofo ficou sozinho. Primeiro ele bocejou, depois esticou os braços, em seguida assoprou em ambas as mãos e, finalmente, olhou ao redor. O caixão preto estava no meio da igreja. As velas tremeluziam ante os ícones escuros. Elas alumiavam apenas a iconóstase e, bem de leve, o centro da igreja; os cantos distantes do átrio estavam envoltos em trevas. A alta iconóstase antiga patenteava uma profunda vetustez, suas entalhaduras cobertas de ouro só conservavam poucas chispas de brilho. A douradura se desprendera em alguns pontos, enegrecendo completamente em outros; os santos, cujos semblantes também haviam escurecido, tinham uma aparência lúgubre. O filósofo examinou tudo mais uma vez.

— Pois bem — disse ele —, o que tenho a temer? Um homem não pode vir cá, e contra os mortos e ádvenas do outro mundo eu tenho tais orações que, tão logo as proferir, eles não vão encostar um só dedo em mim. Nada a temer! — repetiu, agitando a mão. — Vamos ler!

Acercando-se do coro, ele viu vários maços de velas.

"Isso é bom" — pensou o filósofo. — "É preciso iluminar toda a igreja de modo que fique tudo claro como de dia. Eh, que pena a gente não poder acender um cachimbo no templo de Deus!"

Ele se pôs a colocar as velas de cera em todas as cornijas, no facistol e perante os ícones, sem poupá-las, e logo toda a igreja ficou cheia de luz. Apenas em cima as trevas pareciam mais negras ainda, e os semblantes dos santos viam-se, cada vez mais soturnos, em suas antigas molduras cujos entalhes brilhavam, aqui ou acolá, com sua douradura. Ele se aproximou do caixão e, tímido, fitou o rosto da morta, cerrando de pronto, com um leve tremor, seus olhos.

Que pavorosa, que fúlgida beleza era a dela!

Ele se virou, querendo afastar-se, mas, em razão daquela estranha curiosidade, daquele estranho e contraditório sentimento que não deixa o homem em paz, sobretudo quando este está com medo, não se conteve, indo embora, e olhou para ela; sentindo o mesmo tremor, olhou a seguir outra vez. A penetrante beleza da morta afigurava-se realmente tétrica. A senhorita não teria causado, talvez, tamanho pavor ao filósofo, se fosse um pouco mais feia. Mas não havia em suas feições nada baço, turvo e morto. Seu rosto estava vivo, e o filósofo teve a impressão de que a finada o mirava com seus olhos fechados. Até mesmo lhe pareceu que uma lágrima tinha surgido sob os cílios do olho direito, e, quando rolou pela face e parou, ele viu com clareza que era um pingo de sangue.

Ele se afastou, apressado, até o coro, abriu um livro e, para se animar um tanto, começou a ler orações tão alto como podia. Sua voz sacudiu as paredes de madeira que estavam, havia tempos, silenciosas e surdas. Sozinha, sem produzir ecos, ela soava, grossa, num absoluto silêncio de morte e parecia meio selvagem até ao próprio leitor.

"O que tenho a temer?" — pensava ele entrementes. — "Ela não se levantará do seu caixão, por medo do verbo divino. Que fique ali deitada! E que cossaco seria eu, se me deixasse amedrontar? Bebi uns golinhos a mais, por isso é que me vêm essas coisas medonhas. E se cheirasse o tabaco, este meu bom tabaco? Eta, que excelente tabaco, que ótimo tabaquinho!"

No entanto, ao virar cada página, ele olhava de esguelha para o caixão, e uma sensação espontânea parecia cochichar-lhe: "Agora, agora mesmo é que ela se levantará! Agora ficará de pé, assomará do caixão!"

Mas o silêncio estava profundo. O caixão permanecia imóvel. As velas derramavam todo um dilúvio de luz. Como é pavorosa uma igreja iluminada à noite, com um cadáver e sem uma alma viva!

Forçando a voz, ele se pôs a cantar de várias maneiras, buscando abafar os restos de seu temor. Mas a cada minuto volvia seus olhos para o caixão, como que perguntando involuntariamente: "E se ela se levantar, se ela ficar de pé?"

Contudo, o caixão não se movia. Tomara que algum som se ouvisse, tomara que algum ser vivo surgisse, um grilo estridulasse num canto! Ouvia-se tão somente a leve crepitação de uma das velas esparsas ou o fraco, levíssimo estalido de uma gota de cera a cair no chão.

"E se ela se levantar?..."

Ela soergueu a cabeça...

O filósofo olhou assustado, esfregando os olhos. De fato, a morta não estava mais deitada e, sim, sentada em seu caixão. Ele desviou os olhos e novamente, tomado de pavor, dirigiu-os para o caixão. Ela se levantara... ela andava pela igreja de olhos fechados, incessantemente abrindo os braços, como se quisesse apanhar alguém.

Ela vinha direto ao seu encontro. Movido pelo terror, o filósofo traçou um círculo à sua volta. Começou, com esforço, a ler orações e a proferir as fórmulas mágicas que lhe ensinara um monge atormentado, durante a vida toda, pelas bruxas e pelos espíritos do mal.

Ela se postou quase à beira do círculo; via-se, no entanto, que já não tinha forças para invadi-lo, ficando toda azul como uma pessoa morta há vários dias. Khomá não se atrevia a olhar para ela. A bruxa estava horrível. Rilhou os dentes e abriu seus olhos mortos, mas, sem nada ter visto, enraiveceu — o que expressou seu rosto tremente —, virou-se para o outro lado e começou, escancarando de novo os braços, a agarrar cada pilar e a vasculhar cada canto, esforçando-se para apanhar Khomá. Enfim parou, ameaçando-o com o dedo, e deitou-se em seu caixão.

O filósofo, que ainda não conseguira reaver sua calma, lançava olhadas medrosas para a estreita morada da bruxa. De súbito, o caixão se desprendeu, num arranco, do seu lugar e, com um silvo estridente, voou por toda a igreja, cruzando o ar em todas as direções. O filósofo viu-o passar quase acima de sua cabeça, mas percebeu, ao mesmo tempo, que o caixão não podia tocar no círculo que ele fizera e reforçou suas orações. O caixão tombou no meio da igreja e ficou imóvel. O cadáver tornou a sair dele, azul, até mesmo esverdeado. Nesse momento, ouviu-se ao longe o cantar do galo. O cadáver retornou ao caixão, cuja tampa se fechou com um estampido.

O coração do filósofo palpitava, o suor lhe escorria aos borbotões, mas, animado com o grito do galo, ele se apressava a ler as páginas que devia ter lido antes. Assim que alvoreceu, o sacristão e o grisalho Yavtukh, o qual assumira, nessa ocasião, as funções de *stárosta* religioso, vieram substitui-lo.

Uma vez em seu leito distante, o filósofo passou muito tempo sem pregar os olhos, porém foi vencido pela estafa e dormiu até o almoço. Quando acordou, todo o acontecido à noite parecia um sonho. Serviram-lhe, para que recuperasse o ânimo, um quartilho de cachaça. Durante o almoço, ele ficou logo descontraído, fez algumas observações oportunas e comeu, quase sozinho, um leitão bastante crescido. Todavia, não ousava contar sobre o que se dera na igreja, por causa de certa sensação incompreensível para ele próprio, e respondia às perguntas dos curiosos: "Sim, houve alguns milagres". O filósofo era uma daquelas pessoas que revelam, se bem alimentadas, uma filantropia extraordinária. Deitado, com seu cachimbo na boca, ele mirava a todos com um olhar particularmente doce e não cessava de cuspir para o lado.

Após o almoço, o filósofo estava totalmente são de espírito. Rodou toda a aldeia e conheceu quase todos os aldeões, sendo mesmo expulso de duas casas; uma bonita moça deu-lhe, inclusive, uma pazada assaz forte nas costas, quando ele resolveu apalpar, por mera curiosidade, sua camisa e sua *plakhta*[29] para saber de que tecido elas eram. Entretanto, à medida que a tarde avançava, o filósofo se mostrava mais e mais pensativo. Uma hora antes do jantar, quase todos os serviçais se reuniram para jogar "a papinha" ou "os kráglis", uma espécie de boliche em que se usam, em vez de bolas, compridos pedaços de pau e o ganhador tem o direito de andar montado no perdedor. Esse jogo se tornava muito interessante para os espectadores: largo que nem uma panqueca, o pastor montava amiúde o guardador de porcos, mofino, baixinho e todo composto de rugas. Outras vezes, o pastor oferecia seu dorso, e Doróch sempre dizia ao pular nele: "Eta, que touro forte!" Aqueles que eram mais comportados sentavam-se à entrada da cozinha. Fumando seus

[29] Saia ucraniana feita de dois panos entrecruzados.

cachimbos, eles aparentavam uma seriedade extrema, mesmo quando os jovens caíam na gargalhada com algum chiste do pastor ou de Spirid. Debalde Khomá tentava participar desse jogo: um pensamento obscuro estava cravado, igual a um prego, em sua cabeça. Por mais que procurasse alegrar-se no decorrer do jantar, o medo se apossava dele com a escuridão que se alastrava no céu.

— Pois bem, senhor *bursak*, está na hora! — disse-lhe o cossaco já conhecido, o de cabelos grisalhos, levantando-se, com Doróch que o acompanharia, do seu assento. — Vamos trabalhar!

Khomá foi conduzido, da mesma maneira, para a igreja; deixaram-no outra vez só e trancaram a porta. Logo que ele ficou sozinho, a timidez voltou a insinuar-se em seu peito. Viu novamente os ícones escuros, as molduras brilhantes e o bem conhecido caixão preto, instalado, em silêncio e imobilidade ameaçadores, no meio da igreja.

— E daí? — disse ele. — Agora esse milagre não é mais milagroso. É só da primeira vez que a gente tem medo. Sim! É tão só da primeira vez que a gente tem um pouquinho de medo, e depois não sente mais medo nenhum, nenhum mesmo.

Ele se apressou a postar-se no coro, traçou um círculo à sua volta, pronunciou algumas fórmulas mágicas e pôs-se a ler em voz alta, decidindo não desviar os olhos do livro nem dar atenção a nada. Estava lendo havia cerca de uma hora e já começava a cansar-se e a tossir. Tirou do bolso um corninho de tabaco[30] e, antes de levá-lo até o nariz, lançou uma tímida olhadela para o caixão. Seu coração gelou.

O cadáver já estava na sua frente, à beira do círculo, fixando nele seus mortos olhos esverdeados. O *bursak* estremeceu, e o frio percorreu-lhe sensivelmente todas as veias. Abaixando os olhos para o livro, tornou a ler, mais alto ainda, suas rezas e imprecações, ouvindo o cadáver ranger novamente os dentes e agitar os braços a fim de apanhá-lo. Mas, ao olhar de soslaio, com o cantinho de um só olho, percebeu que o cadáver não o buscava lá onde ele estava plantado nem, pelo visto, conseguia enxergá-lo... Então a bruxa começou a murmurar em voz surda e a pronunciar, com seus lábios mortos, palavras terríveis, roucas e soluçantes como o borbulhar do piche em ebulição. Ele não saberia dizer o que significavam aquelas palavras, mas algo medonho estava contido nelas. Amedrontado, o filósofo entendeu que ela lhe atirava maldições.

Um vento soprou na igreja com as palavras da bruxa; ouviu-se um barulho como que produzido por muitas asas a voarem. Ele ouvia essas asas baterem contra as vidraças e os caixilhos de ferro das janelas, as garras ringirem a arranhar o ferro e uma incontável horda tentar pôr as portas abaixo e invadir a igreja. Seu coração pulsava forte o tempo todo; cerrando os olhos, ele não parava de repetir suas fórmulas e orações. Por

---

[30] Pequena tabaqueira feita de corno.

fim, algo silvou ao longe: era um distante cantar do galo. Exausto, o filósofo se calou e retomou fôlego.

As pessoas que vieram substituir o filósofo encontraram-no semimorto. Encostando-se na parede e arregalando os olhos, ele fitava, petrificado, os cossacos que o empurravam. Quase o carregaram para fora e precisaram arrimá-lo ao longo de todo o caminho. Chegando ao pátio do *sótnik*, ele se animou um pouco e mandou que lhe servissem um quartilho de cachaça. Ao emborcá-lo, alisou sua cabeleira eriçada e disse:

— Há muita porcaria neste mundo! A gente sente, às vezes, tamanho medo que... — Dito isso, o filósofo fez um gesto brusco com a mão.

O grupelho que se juntara ao seu redor abaixou a cabeça, ouvindo as suas palavras. Até o garotinho que todos os serviçais se achavam em pleno direito de incumbir, no lugar deles mesmos, de limpar a cocheira ou de trazer água do poço, até esse pobre petiz ficou boquiaberto.

Enquanto isso, passava por perto uma mulherzinha não muito idosa ainda, cuja blusa colante punha em destaque seu tronco arredondado e forte, ajudante da velha cozinheira e uma coquete incorrigível que sempre arranjava algum enfeite para o seu *otchipok*: um pedaço de fita, um cravo ou mesmo um papelzinho por falta de outra coisa.

— Bom dia, Khomá! — disse ela, ao ver o filósofo. — Ai-ai-ai, o que é que tu tens? — exclamou, levantando os braços.

— Como assim, o que tenho, bobinha?

— Ah, meu Deus! Mas tu ficaste todo grisalho!

— Puxa vida! Ela fala verdade! — notou Spirid, fitando-o com atenção. — Ficaste mesmo grisalho que nem o nosso velho Yavtukh.

Ouvindo isso, o filósofo se arrojou para a cozinha onde tinha visto um estilhaço triangular de espelho, colado numa parede e manchado por moscas, diante do qual havia não-me-esqueças, pervincas e mesmo uma guirlanda de boninas a mostrarem que ele servia para o toalete daquela elegante moça. E viu com terror que ela dissera a verdade: metade dos seus cabelos havia, de fato, embranquecido.

Cabisbaixo, Khomá Brut se entregou às meditações.

— Vou falar com o senhor — disse, enfim. — Contarei tudo para ele e explicarei que não quero mais rezar. Que me mande, agora mesmo, de volta para Kiev.

Pensando assim, ele se dirigiu à entrada da casa senhoril.

Quase imóvel, o *sótnik* estava sentado em sua *svetlitsa*; a irremediável tristeza, que o filósofo já havia percebido em seu rosto, permanecia a mesma. Aliás, suas faces tinham ficado ainda mais cavadas. Era óbvio que o *sótnik* comia bem pouco ou, sabe-se lá, nem sequer tocava na comida. Uma palidez extraordinária tornava-o semelhante a uma estátua de pedra.

— Bom dia, homenzinho — proferiu ele, vendo Khomá parar às portas, com seu chapéu nas mãos. — Como é que tens passado? Está tudo em paz?

— Que paz, mas que paz? Tanto horror diabólico que dá para pegar o chapéu e fugir aonde as pernas levarem.

— Como assim?

— Sua filha, senhor... A raciocinar bem, ela é certamente do gênero senhoril; isso aí ninguém vai contestar, mas... digo para não o deixar furioso... que Deus acolha a alma dela...

— O que tem minha filha?

— Tem andado com Satanás. Ela faz tais horrores que nenhuma Escritura se lê.

— Pois vai lendo, vai lendo! Não foi à toa que ela te chamou. Cuidava, minha filhinha, da sua alma e queria banir, com rezas, qualquer espírito mau.

— A ordem é sua, senhor, mas juro por Deus que não aguento mais.

— Vai lendo, vai lendo! — continuou o *sótnik* com a mesma voz de quem exorta. — Só te resta rezar uma noite. Farás um negócio cristão, e eu te recompensarei.

— Sejam quais forem as recompensas... Queira ou não, meu senhor, mas não vou rezar mais! — disse Khomá, resoluto.

— Escuta, filósofo! — redarguiu o *sótnik*, cuja voz se tornara forte e ameaçadora. — Não gosto dessas besteiras. Podes fazer isso na tua Bursa, mas aqui comigo é diferente: não vou açoitar-te como o tal de reitor. Sabes o que é um bom açoite de couro?

— Como não saberia? — disse o filósofo, moderando o tom. — Todo mundo sabe o que é um açoite de couro: em grande quantidade, é uma coisa insuportável.

— Sim. Mas ainda não sabes como os meus rapazes costumam bater! — disse o *sótnik*, ameaçador, e ficou em pé; seu semblante adquiriu uma expressão imperiosa e feroz que manifestava toda a sua índole indomável, apenas por um tempo entorpecida pelo pesar. — Primeiro eles te chicoteiam, depois te salpicam com a cachaça e chicoteiam de novo. Vai, pois, vai! Termina o teu ofício! Se não o terminares, não te levantarás mais; se terminares, mil rublos de ouro!

"Oh-oh, que valentão é esse!" — pensou o filósofo na saída. — "Não se brinca com ele. Espera aí, espera, meu camarada: vou passar tanto sebo nas canelas que não me apanharás nem com teus cães."

E Khomá resolveu que escaparia na certa. Esperava apenas a hora da sesta, quando todos os serviçais tinham o costume de repimpar-se no feno embaixo das granjas e, de bocas abertas, soltar tais roncos e apitos que a fazenda senhoril se assemelhava a uma fábrica. Enfim essa hora chegou. Até Yavtukh fechou os olhos, estendendo-se sob o sol. Medroso e trêmulo, o filósofo foi sorrateiramente ao jardim do *sótnik* de onde lhe parecia mais cômodo fugir, despercebido, para os campos. Aquele jardim estava, de ordinário, muito malcuidado, contribuindo bastante, por consequência, para qualquer empreendimento secreto. À exceção de uma só vereda aberta por necessidade caseira, tudo ali estava tomado por denso mato de ginjeiras, sabugueiros, bardanas cujos caules providos de tenazes espinhos rosados cresciam bem altos. O lúpulo recobria, qual uma rede, o topo de toda aquela variada assembleia de árvores e arbustos, formando em cima deles um toldo que se prendia à cerca e deixava suas serpentes enroscadas descerem, ornadas de silvestres campânulas, até o solo. Além da cerca, que limitava o jardim, erguia-se todo um matagal de ervas daninhas que, aparentemente, nenhum curioso visitava, pois mesmo uma gadanha se esfacelaria caso sua lâmina tocasse naqueles grossos caules enrijecidos.

Indo o filósofo cruzar a cerca, seus dentes batiam e seu coração palpitava tanto que ele mesmo levou um susto. As abas de sua veste comprida pareciam grudar-se ao chão, como se alguém as tivesse pregado. Quando ele passava a cerca, uma voz parecia gritar, com um silvo ensurdecedor, aos seus ouvidos: "Aonde vais, hein?" O filósofo mergulhou no matagal e foi correndo embora, tropeçando volta e meia em velhas raízes e pisando nas toupeiras. Via bem que, saindo do matagal, precisaria atravessar um campo, detrás do qual crescia um espesso abrunheiro escuro: lá ele estaria a salvo e, segundo conjeturava, poderia encontrar um caminho direto até Kiev. Percorreu o campo num rompante e alcançou aquele denso abrunheiro. Passou através dele, deixando, como tributo, pedaços de sua sobrecasaca em cada ponta aguda, e chegou a uma pequena clareira. Ali um salgueiro inclinava seus galhos furcados quase até o solo, e um riacho brilhava límpido como a prata. Antes de tudo, o filósofo se deitou para beber água, porquanto sentia uma sede insuportável.

— Que água boa! — disse ele, enxugando os lábios. — Aqui poderia descansar um pouco.

— Não, é melhor correr adiante, senão te apanham!

Essas palavras soaram sobre a sua cabeça. Ele olhou para trás: era Yavtukh que estava na sua frente.

"Maldito Yavtukh!" — pensou o filósofo, enfurecido. — "Bem que te pegaria nas pernas... e teu focinho nojento e tudo, tudo o que tens, espancaria com um madeiro de carvalho!"

— Foi à toa que fizeste tamanho rodeio — prosseguiu Yavtukh. — Seria bem melhor escolher o caminho que eu mesmo tomei: direto pela cocheira. É pena que tenhas rasgado a sobrecasaca. O tecido é bom. Quanto foi que pagaste por um *archin*?[31] Contudo, já passeamos bastante, está na hora de ir para casa.

Coçando-se, o filósofo seguiu Yavtukh. "Agora a danada bruxa me servira um bocado de *pfeffer*"[32] — pensava ele. — "De resto, por que estou assim, afinal de contas? De que sinto medo? Não sou mais um cossaco? Rezei duas noites, Deus me ajudará a aguentar a terceira. Decerto a bruxa maldita pecou a rodo, já que a força das trevas lhe dá tanto apoio."

Essas reflexões ocupavam-no, quando ele entrou no pátio do *sótnik*. Animando-se com tais pensamentos, pediu a Dorócha, que, amparado pelo almoxarife, tinha por vezes acesso aos porões do senhor, que tirasse de

---

[31] Antiga medida de comprimento russa, equivalente a 0,71 m.

[32] Pimenta (em alemão).

lá uma *suleia* de cachacinha, e os dois companheiros se aboletaram ao pé de uma granja e sorveram quase meio balde, de modo que o filósofo se levantou de repente, berrou: "Chamem os músicos, chamem agorinha!" e, sem esperar pelos músicos, foi dançando o *tropak* num lugar limpo, no meio do pátio. Dançou até chegar a hora do lanche, até os serviçais, que o haviam rodeado como se faz em tais casos, ficarem aborrecidos e irem embora, dizendo: "Vejam só quanto tempo o homem dança!" Enfim o filósofo adormeceu ali mesmo, e foi apenas uma boa tina de água gelada que conseguiu despertá-lo para o jantar. Jantando, ele falava do que era um cossaco e afirmava que este não devia temer nada no mundo inteiro.

— Está na hora — disse Yavtukh. — Vamos!

"Um fósforo para a tua língua, maldito *knur*!"[33] — pensou o filósofo e, uma vez em pé, disse:

— Vamos.

Pelo caminho, o filósofo não cessava de olhar para todos os lados, puxando conversa com seus acompanhantes. Todavia, Yavtukh se mantinha calado; mesmo Doróch não falava muito. A noite era infernal. Toda uma alcateia de lobos uivava ao longe. O próprio latido dos cães dava certo medo.

— É outro bicho que está uivando, parece, não é um lobo — disse Doróch.

Yavtukh continuava silencioso. O filósofo não achou o que responder.

---

[33] Javali (em ucraniano).

Eles se acercaram da igreja, passando sob as suas vetustas abóbadas de madeira que demonstravam quão pouco se preocupava o fazendeiro com Deus e com a sua alma. Yavtukh e Doróch retiraram-se, como dantes, e o filósofo ficou só. Tudo estava no mesmo lugar; tudo era terrificante, do mesmo modo bem conhecido. Ele parou por um minuto. No meio da igreja permanecia, imóvel, o caixão da horrível bruxa. "Não temerei, juro por Deus que não temerei!" — disse ele e, traçando de novo um círculo à sua volta, começou relembrando todas as suas imprecações. O silêncio era medonho; as velas tremeluziam, iluminando toda a igreja. O filósofo virou uma página, depois a outra e percebeu ler aquilo que não constava no livro. Benzeu-se com medo e desandou a cantar. Isso o animou um tanto: a leitura foi avançando, as páginas vinham uma após a outra. De chofre... em pleno silêncio... arrebentou-se, com um estrondo, a tampa de ferro, e o cadáver se levantou do caixão. Estava ainda mais tétrico que da primeira vez. Seus dentes arreganhados rangiam; seus lábios tremeram convulsamente, e as maldições dispararam com um guincho animalesco. Um turbilhão dominou a igreja, os ícones tombaram no chão, desabaram os vidros quebrados das janelas. As portas caíram, arrombadas, e uma incontável horda de monstros irrompeu na igreja de Deus. O terrível barulho das asas e garras a arranharem o ferro encheu-a inteira. Todos voavam e corriam, por toda parte, à procura do filósofo.

As últimas sobras de embriaguez evaporaram-se da mente de Khomá. Ele se benzia apenas e lia, de qualquer jeito, as orações. Ouvia, ao mesmo tempo, a força das trevas se agitar ao seu redor, quase a tocá-lo com as pontas de suas asas e caudas repugnantes. Não tinha a coragem de examiná-los; via somente um monstro enorme que ocupava toda a parede, erguido, no meio de seus cabelos emaranhados, como numa floresta: dois olhos medonhos fulgiam através da rede desses cabelos, ao levantar um pouco as sobrancelhas. Acima dele flutuava no ar algo semelhante a uma imensa bolha no centro da qual sobressaíam milhares de pinças e aguilhões de escorpião. Pendiam nos monstros mancheias de terra negra. Todos olhavam para Khomá, procuravam-no, mas não conseguiam vê-lo, cercado pelo seu círculo misterioso.

— Tragam para cá Vyi! Vão buscar Vyi! — soaram as palavras da morta.

De supetão, a igreja ficou toda silenciosa; ouviu-se ao longe um uivar do lobo e, pouco depois, os passos pesados ressoaram pela igreja. Olhando de esguelha, o filósofo viu os monstros trazerem um ser achaparrado, robusto, cambaio. Ele estava todo coberto de terra negra. Como umas raízes duras e nodosas, estendiam-se os seus braços e pernas que a terra cobria. Ele andava a custo e tropeçava a cada minuto. Compridas, as pálpebras dele desciam até o solo. Khomá percebeu, com pavor, que seu rosto era de ferro. Conduziram-no pelos braços e colocaram bem defronte daquele lugar onde estava Khomá.

— Levantem as minhas pálpebras: não vejo! — disse Vyi, com uma voz subterrânea, e toda a turba acudiu para erguer-lhe as pálpebras.

"Não olhes!" — soprou uma voz interior ao filósofo, mas ele não se conteve e olhou.

— Ali está ele! — bradou Vyi, apontando-o com o seu dedo de ferro. E todos os monstros que lá estavam atacaram o filósofo. Exânime, ele caiu no chão, e sua alma abandonou-o de tanto pavor.

Ouviu-se o cantar do galo. Era já o segundo grito, tendo os gnomos despercebido o primeiro. Assustados, os espíritos foram voando embora, numa caótica disparada, tentando logo passar através das janelas e portas, mas não conseguiram escapar: ficaram presos ali, naquelas portas e janelas. O sacerdote que veio parou, escandalizado com tal profanação do santuário divino, e não se atreveu a rezar o ofício dos mortos nesse lugar. Assim se quedou a igreja, com os monstros presos nas portas e nas janelas, para os séculos dos séculos, invadida pelo mato, tomada de raízes, ervas daninhas e abrunheiro espinhoso. Ninguém achará, hoje em dia, o caminho até ela.

* * *

Quando os boatos sobre o ocorrido alcançaram Kiev, o teólogo Khaliava acabou ciente do tal destino do filósofo Khomá e passou uma hora inteira a refletir. Havia mudado bastante, nesse meio-tempo. A felicidade lhe sorrira: ao terminar seu curso de ciências, ele fora nomeado o sineiro do mais alto campanário e, desde então, andava quase sempre de nariz machucado, visto que a escada de madeira daquela torre tinha sido feita de modo extremamente precário.

— Ouviste falar do fim que levou Khomá? — perguntou, aproximando-se dele, Tibêri Gorobetz que já era, nessa ocasião, um filósofo e ostentava seu bigode recém-crescido.

— Foi Deus que assim decidiu — disse o sineiro Khaliava. — Vamos para a bodega e bebamos à paz de sua alma!

O jovem filósofo que começara a aproveitar seus direitos com o ardor de um entusiasta, de maneira que a bombacha, a sobrecasaca e até mesmo o chapéu lhe cheiravam a álcool e a raízes de tabaco, confirmou num instante a sua prontidão.

— Que homem bom foi Khomá! — disse o sineiro, quando o taberneiro manco pôs na sua frente a terceira caneca. — Foi um homem notável! E pereceu em vão.

— Mas eu sei por que ele pereceu: por ter medo. E se não tivesse medo, aquela bruxa não teria podido fazer nada com ele. A gente precisa apenas benzer-se e cuspir direto no rabo dela, então nada acontecerá. Eu cá já sei tudo isso. Pois todas as mulherzinhas que vendem na feira, em nossa Kiev, são bruxas.

Dito isso, o sineiro abanou a cabeça em sinal de acordo. Contudo, ao perceber que sua língua não podia mais articular uma só palavra, levantou-se cautelosamente da mesa e, balançando de um lado para o outro, foi esconder-se no recanto mais perdido entre as ervas daninhas. E não se esqueceu, conforme o seu hábito enraizado, de levar consigo a velha sola de uma bota que estava largada em cima do banco.

O CAPOTE

No Departamento de... não, é melhor não dizermos em que departamento. Não há nada mais chato do que toda espécie de departamentos, regimentos, repartições e, numa palavra, toda espécie de nossas corporações. Hoje em dia, qualquer particular acha que, se alguém o ofender pessoalmente, ofenderá assim a sociedade inteira. Dizem por aí que um capitão de polícia (não lembro mais de que cidade) encaminhou, mui recentemente, uma denúncia em que deixou bem claro que estavam perecendo as instituições públicas e que o nome sagrado dele próprio era pronunciado de modo decididamente blasfemo, juntando a ela, como prova, um enorme tomo de certa obra romântica onde, a cada dez páginas, aparecia um capitão de polícia, não raras vezes no estado de absoluta embriaguez. Dessa forma, para evitarmos quaisquer constrangimentos, é melhor que chamemos o Departamento em questão de "um departamento". Pois então, num departamento servia um funcionário. Não se pode dizer que aquele funcionário fosse muito notável, já que era baixinho, tinha o rosto um tanto bexiguento e os cabelos um tanto ruivos, parecia mesmo bastante míope, ostentava uma pequena calvície na testa, umas rugas em ambas as faces e uma tez que se costuma chamar de hemorroidal... a culpa é do clima petersburguense, fazer o quê? No que se refere ao seu título (porquanto em nossas plagas é necessário, antes de tudo, especificar o título), ele era, como se diz, um daqueles eternos servidores de nona classe[1] dos quais, como se sabe, têm caçoado com gosto vários escritores cujo louvável hábito consiste em importunar a quem não pode morder. O sobrenome do servidor era Bachmátchkin. Deduz-se do próprio sobrenome que este proveio, em tempos remotos, do termo "sapato",[2] mas quando, em que época e de que maneira ele proveio do termo "sapato", disso não temos nenhuma notícia. Seu pai, seu avô e mesmo seu cunhado — todos os Bachmátchkin sem exceções usavam botas, apenas trocando, umas três vezes por ano, as solas desgastadas. O nome dele era Akáki Akákievitch. Talvez o leitor o considere meio esquisito e rebuscado; podemos, no entanto, asseverar-lhe que não o inventaram nem procuraram

---

[1] Os servidores civis e militares do Império Russo dividiam-se em 14 classes consecutivas, sendo a 1ª (chanceler, marechal de exército ou almirante) a mais alta.
[2] A palavra russa башмак significa "sapato", geralmente de feitio grosseiro.

de modo proposital, tendo surgido, espontaneamente, tais circunstâncias que não seria possível aplicar outro nome, e que ocorreu, notadamente, o seguinte. Akáki Akákievitch nasceu, se a memória não nos falha, no início da noite de 23 de março. Sua mãezinha, esposa de um funcionário público e uma mulher muito boa, dispôs-se a batizar o recém-nascido como se deve. A mãezinha ainda estava deitada na cama, em frente às portas, e do seu lado direito encontravam-se o compadre Ivan Ivânovitch Yeróchkin, homem das mais altas qualidades que dirigia uma seção no Senado, e a comadre Arina Semiônovna Belobriúchkova, mulher das mais raras virtudes casada com o inspetor policial da quadra. Pediram qua a parturiente escolhesse qualquer um dos três nomes oferecidos: Mókki, Sóssi ou então o do mártir Khozdazat. "Não" — pensou a mãezinha —, "mas que nomes são esses?" Para agradá-la, abriram o calendário em outra página e viram de novo três nomes: Trifíli, Dula e Varakhássi. "Ai, que castigo!" — disse a mãe. — "Ai, que nomes! Na verdade, eu nunca ouvi nem falar deles. Ainda bem se fossem Varadat ou Varukh, mas aqueles Trifíli e Varakhássi..." Viraram mais uma página e acharam: Pavsikákhi e Vakhtíssi. "Pois bem" — disse a mulher —, "já estou vendo que este será, quem sabe, o seu destino. Se for assim, é melhor que se chame como o pai dele. O pai se chamava Akáki, então que o filho também seja Akáki." Foi desse modo que apareceu Akáki Akákievitch. Mal batizado, o neném desandou a chorar e fez uma careta, como se pressentisse que seria um servidor de nona classe. Eis de que maneira se deu tudo isso. Citamos essa história para que o leitor possa ver sozinho que foi uma necessidade imperiosa e que não houve a mínima possibilidade de escolher outro nome. Quando e em que ocasião Akáki Akákievitch ingressou no departamento e por quem foi designado, disso ninguém pôde lembrar-se. Por mais que se revezassem seus diretores e outros chefes, todos o viam sempre no mesmo lugar, na mesma posição e no mesmo cargo de escrevente, acabando persuadidos de que ele já nascera, provavelmente, pronto para o seu serviço, todo uniformizado e com uma calvície na cabeça. Não lhe expressavam, naquele departamento, nem o menor respeito. Os vigias não só permaneciam sentados, quando Akáki Akákievitch passava, mas nem sequer olhavam para ele, como se fosse uma simples mosca a sobrevoar a sala de recepção. Os superiores tratavam-no de maneira fria e algo despótica. Um reles assessor do chefe de seção esfregava a papelada bem na cara dele, mesmo sem dizer "queira copiar" ou "eis um negocinho interessante e bonzinho" ou alguma coisa agradável que se diz nas repartições corteses. E ele pegava a tal papelada, olhando tão somente para ela, sem ver quem a entregava e se tinha o direito de fazer isso; apenas pegava os papéis e logo se punha a copiá-los. Os jovens servidores se riam e debochavam dele em toda a extensão de seu humor burocrático, contavam, na sua presença, diversas histórias fantasiosas sobre ele, dizendo que sua locadora, uma velha de setenta anos, batia nele e perguntando quando os dois se casariam, jogavam-lhe na cabeça farrapos de papel que chamavam de neve. Entretanto, Akáki Akákievitch não lhes respondia uma só palavra, como se não houvesse ninguém na sua frente; isso tampouco influenciava o seu ofício: em meio a todas as zombarias, ele não fazia nenhum erro de escrita. Apenas se o gracejo era por demais insuportável, se alguém lhe empurrava o braço, impedindo que cumprisse direito as suas tarefas, ele proferia: "Deixem-me em paz. Por que me magoam?" E algo estranho estava contido nessas palavras e na voz que as pronunciava. Ouvia-se nelas algo tão lastimoso que um jovem funcionário, novato daquele departamento que se permitira, a exemplo dos outros, uma chacota, parou de repente, como se ferido de par em par, e nesse momento tudo teria mudado e adquirido, aos seus olhos, um novo aspecto. Certa força antinatural afastou-o dos colegas que ele tomara, acabando de conhecê-los, por umas pessoas decentes e bem-educadas. E por muito tempo ainda, mesmo em seus minutos mais alegres, aparecia-lhe um baixinho servidor, com uma pequena calvície na testa, que dizia as comoventes palavras: "Deixem-me em paz. Por que me magoam?", e dessas comoventes palavras se formava outra frase: "Sou seu irmão". E o pobre jovem tapava o seu rosto com a mão e amiúde estremecia depois, ao longo de sua vida, por ver quão desumano é o homem, quanta rudeza feroz se esconde na refinada e instruída mundanalidade e mesmo — meu Deus do céu! — naquelas pessoas que o mundo reconhece como nobres e honestas...

É pouco provável que se pudesse encontrar algures outro homem que assim exercesse seu cargo. Não bastaria dizermos que ele servia com zelo; não, ele servia com amor. No próprio ato de copiar os papéis apresentava-se-lhe um mundo à parte, bem variado e aprazível. Um deleite transparecia em seu rosto; certas letras eram suas favoritas, e, achegando-se a elas, o servidor quase perdia a cabeça: soltava risadinhas, lançava piscadas, auxiliava a escrita com os lábios, de modo que se afigurava possível ler em seu semblante cada letra que sua pena traçava. Se o condecorassem de acordo com o seu afinco, ele teria chegado, para sua grande surpresa, mesmo a servidor de quinta classe; porém conseguiu apenas, conforme se expressavam os espirituosos colegas, uma fivela dianteira e uma mazela traseira.[3] De resto, não podemos afirmar que Akáki Akákievitch não atraía nenhuma atenção. Um dos diretores, sendo um homem bom e desejando recompensá-lo pelo seu longo serviço, mandou conceder-lhe uma tarefa mais importante que a trivial copiagem; em termos exatos, incumbiram-no de redigir, com base num dossiê já pronto, um ofício para outra repartição pública: a incumbência consistia somente em alterar o cabeçalho e converter, aqui ou acolá, a primeira pessoa dos verbos na terceira. Isso lhe proporcionou tamanha labuta que ele ficou ensopado de suor, esfregou sua testa e acabou dizendo: "Não, é

---

[3] Alusão às hemorroidas de que sofriam os servidores públicos da época, como se fosse uma doença profissional.

melhor que eu copie alguma coisa". Desde então, não fazia outro trabalho senão o de copiar. Parecia que, afora essas cópias, não existia para ele mais nada. Akáki Akákievitch não cuidava nem um pouco das suas roupas: seu uniforme já não era verde e, sim, de uma cor arruivada e farinhenta. Seu colarinho era muito estreito e baixo, de sorte que seu pescoço, apesar de não ser tão comprido assim, parecia compridíssimo ao sair do dito colarinho, igual ao daqueles gatinhos de gesso que movem as cabecinhas e ornamentam, às dezenas, as cabeças dos estrangeiros russos.[4] E sempre havia uma coisinha grudada em seu uniforme: uma hastezinha de feno ou um filete; ainda por cima, ele andava pelas ruas com uma habilidade especial de passar justamente sob aquelas janelas das quais, naquele exato momento, jogavam o mais variegado lixo e sempre levava, portanto, cascas de melancia ou melão e similar porcaria nas abas de seu chapéu. Nenhuma vez, em toda a sua vida, Akáki Akákievitch prestou atenção ao que se fazia e acontecia diariamente na rua, àquilo que, como se sabe, observa sempre o seu colega, um funcionário jovem cujo olhar esperto possui tanta perspicácia que repara até mesmo na descosida barra da calça de um transeunte a seguir a calçada oposta: ninharia que sempre imprime um sorrisinho malicioso no rosto dele.

---

[4] Trata-se dos mascates de origem estrangeira que vendiam bugigangas nas ruas de São Petersburgo, por vezes colocando seus tabuleiros portáteis na cabeça.

Contudo Akáki Akákievitch, se é que olhava para alguma coisa, só via por toda parte suas esmeradas linhas escritas em letras regulares; apenas se, surgindo não se sabe de onde, um cavalo lhe punha a cabeça no ombro e lançava, com suas narinas, toda uma lufada para a sua face, apenas então ele percebia que não estava no meio de uma linha, mas, precisamente, no meio de uma rua. Uma vez em casa, sentava-se de imediato à mesa, comia às pressas uma sopa de repolho e um pedaço de carne de vaca com cebola, sem mesmo reparar em seus sabores, comia-os com moscas e tudo quanto Deus lhe mandava àquela altura. Dando-se conta de que a barriga lhe borbulhava de tão cheia, levantava-se da mesa, tirava um frasco de tinta e copiava os papéis que trazia do escritório. Se não tinha papéis a copiar, fazia propositalmente, por mero prazer, uma cópia para si mesmo, sobretudo quando o tal documento, sem se distinguir pela beleza de seu estilo, era destinado a uma pessoa que pouco antes se tornara conhecida ou influente.

Mesmo naquelas horas em que o céu cinza de Petersburgo se apaga completamente e todo o mundaréu de funcionários governamentais está saciado, ao almoçar cada um de seu jeito, em conformidade com os vencimentos que recebe e os caprichos que lhe dão na telha... quando todos já estão descansados do ranger das penas no departamento, da correria, das próprias e alheias ocupações indispensáveis e de tudo aquilo que se impõe voluntariamente, ainda mais do que lhe for necessário, o homem turbulento...

quando os servidores se apressam a consagrar o resto de seu tempo ao prazer: um deles, mais animado que os colegas, corre para o teatro; um outro anda pela rua, dedicando-se à busca por certos chapeuzinhos[5] ou vai a um sarau para gastar a noite em cortejar alguma moça bonitinha, estrela de um pequeno círculo de funcionários; um outro ainda (isso ocorre na maioria das vezes) visita apenas o seu confrade domiciliado no quarto ou no terceiro andar, o qual ocupa dois cômodos apertados com uma antessala ou uma cozinha e exibe certas pretensões em voga, como um candeeiro ou similar bagatela que lhe custou muitos sacrifícios, almoços desprezados e passeios abortados... numa palavra, mesmo naquele momento em que todos os servidores se espalham pelos humildes apartamentos dos companheiros a fim de jogar baralho, sorvendo, aos poucos, chá dos seus copos, comendo torradinhas de um copeque, sugando o fumo dos compridos cachimbos, contando, ao passo que as cartas são distribuídas entre os jogadores, algum boato advindo da alta sociedade, da qual o homem russo não pode distanciar-se nunca e em nenhum estado, ou então repetindo, quando não há mais assuntos a abordar, a eternal anedota sobre o comandante a quem informaram que o rabo do cavalo do monumento de Falconet[6]

[5] Isto é, procurando pelas prostitutas que muitas vezes usavam chapéus vistosos e de mau gosto.

[6] O autor tem em vista o chamado "Cavaleiro de cobre", a estátua equestre do imperador Piotr (Pedro) I erguida, em São Petersburgo, pelo escultor francês Étienne Maurice Falconet (1716–1791).

tinha sido cortado... numa palavra, mesmo quando todo mundo aspira a diversões, Akáki Akákievitch não se entregava a diversão alguma. Ninguém poderia dizer que o vira, uma noite, num sarau: farto de escrever, ele ia para a cama, sorrindo de antemão aos seus pensamentos sobre o dia vindouro — o que é que Deus me mandará amanhã para copiar? Assim fluía a pacata vida do homem que, ganhando um salário anual de quatrocentos rublos, sabia contentar-se com seu destino; fluiria, quiçá, até a mais profunda velhice, se não houvesse diversas calamidades esparsas pelo caminho dos servidores não só de nona, mas até mesmo de sétima, terceira, segunda e qualquer outra classe, inclusive daqueles que não aconselham a ninguém nem aceitam conselhos de outrem.

Existe em Petersburgo um poderoso inimigo de todos os assalariados que ganham quatrocentos rublos por ano ou em torno disso. Tal inimigo é ninguém mais e ninguém menos que nosso frio boreal, embora se diga, na realidade, que ele é muito saudável. Por volta das nove horas da manhã, exatamente naquela hora em que as ruas pululam de funcionários rumando ao departamento, ele se põe a dar piparotes tão bruscos e brutos em todos os narizes sem exceção que os coitados funcionários ignoram absolutamente onde os esconder. Nesse período, quando até mesmo os titulares dos cargos mais altos têm frontes doloridas e lágrimas nos olhos, os pobres servidores de nona classe veem-se, várias vezes, desprotegidos. Toda a salvação deles consiste em percorrerem o mais depressa possível cinco ou seis ruas, com seus precários capotezinhos, e depois baterem bastante os pés no vestíbulo, até que degelem todas as suas faculdades congeladas pelo caminho e volte ao normal a sua capacidade de levar o serviço adiante. Fazia, pois, algum tempo que Akáki Akákievitch vinha sentindo uma ardência peculiar nas costas e num dos ombros, conquanto buscasse atravessar o referido espaço com toda a velocidade possível. Acabou questionando se não havia alguns defeitos em seu capote. Ao examiná-lo devidamente em casa, descobriu que em dois ou três lugares — a saber, nas costas e nos ombros — ele se transformara em meros andrajos: o tecido se desgastara tanto que ficara transparente e o forro se desfiara. É preciso sabermos que o capote de Akáki Akákievitch também servia de objeto às caçoadas dos funcionários; privavam-no, inclusive, da nobre denominação de capote e chamavam-no de roupão. Ele tinha, de fato, uma estrutura algo estranha: sua gola diminuía a cada ano, utilizada para consertos de suas outras partes. Sem revelarem nenhuma arte da alfaiataria, esses consertos tornavam o capote ainda mais canhestro e feio. Percebendo qual era o problema, Akáki Akákievitch decidiu levar o capote à casa de Petróvitch, alfaiate que morava algures no quarto andar (subindo a escada dos fundos) e, mesmo que fosse caolho e de cara toda bexiguenta, arrumava assaz oportunamente as calças e casacas dos servidores e outros fregueses — bem entendido, quando estava sóbrio e não nutria, em sua mente, nenhum outro desígnio. É claro que não nos cumpriria falar muito desse alfaiate, mas, como o caráter de todo personagem de uma novela deve ser, em regra, plenamente descrito, nada podemos fazer senão pôr o tal Petróvitch em foco. A princípio, ele se chamava simplesmente Grigóri e era servo de um fidalgo; passou a chamar-se Petróvitch desde que recebeu sua alforria e começou a beber, com bastante fervor, por ocasião de várias festas, primeiro das festas grandes e depois, sem discernimento, de todas as festas religiosas, contanto que as respectivas datas comemorativas fossem marcadas no calendário com uma cruz. Por esse lado, ele permanecia fiel aos costumes dos ancestrais e, brigando com sua mulher, rotulava-a de mundana e alemã. Visto que já dissemos meia palavra a respeito de sua mulher, precisaremos acrescentar mais duas palavras; infelizmente, não sabemos muita coisa sobre ela, apenas que Petróvitch tinha uma mulher, a qual não usava lenços, mas até mesmo uma touquinha, e não podia, ao que nos parece, gabar-se de sua beleza: ao menos, eram tão só os soldados da guarda que lançavam, ao encontrá-la, uma olhada por baixo de sua touca, estremecendo-lhes então o bigode e soltando a sua boca certa exclamação bem particular.

Escalando a escada que levava até Petróvitch e, cabe-nos ser justos, estava toda untada de lavagens e totalmente impregnada daquele cheiro alcoólico que pica os olhos e, como se sabe, encontra-se sempre presente em todas as escadas dos fundos nos prédios petersburguenses... escalando, pois, essa escada, Akáki Akákievitch já pensava na soma que pediria Petróvitch e resolveu consigo mesmo que não lhe daria mais de dois rublos. A porta estava aberta, porquanto a dona da casa produzira, fritando um peixe, tanta fumaça na cozinha que não se podia ver lá nem sequer as baratas. Akáki Akákievitch passou através da cozinha, sem que a própria dona da casa reparasse nele, e acabou por entrar no quarto onde viu Petróvitch sentado numa larga mesa de madeira jamais pintada, cruzando as pernas como um paxá turco. Seus pés, segundo o hábito dos alfaiates atarefados, estavam nus. Antes de tudo, saltou aos olhos de Akáki Akákievitch seu dedão, que ele bem conhecia, com uma unha mutilada, grossa e dura que nem o crânio de uma tartaruga. Um novelo de seda e fios pendia no pescoço de Petróvitch, uns farrapos jaziam no colo dele. Havia cerca de três minutos ele tentava introduzir o fio no buraco de sua agulha, mas não acertava e zangava-se, por esse motivo, com a escuridão e mesmo com o fio propriamente dito, resmungando a meia-voz: "Não entra, bárbaro; encheu o meu saco, bicho!" Akáki Akákievitch não gostou de ter vindo naquele exato momento em que Petróvitch estava zangado: ele preferia encomendar algo a Petróvitch quando este andava meio "encorajado" ou, conforme se expressava a sua mulher, "tava cheinho de cachaça, diabo zarolho". Em tal estado Petróvitch costumava, de muito bom grado, abaixar o preço e aceitar as condições do cliente, saudando-o, todas as vezes, com gratidão. É verdade que depois vinha sua mulher e reclamava, chorosa, que o marido estava bêbado e cobrara, portanto, barato demais; todavia, bastava dar-lhe uma *grivna*[7] para que a desculpa colasse. Mas agora Petróvitch parecia sóbrio e mostrava-se, por conseguinte, ríspido, intratável e disposto a cobrar só o diabo sabe que preços. Akáki Akákievitch entendeu logo isso e já queria, como se diz, bater em retirada, mas o negócio estava iniciado. Petróvitch cravou nele, com atenção excessiva, seu único olho, e Akáki Akákievitch disse de forma involuntária:

— Bom dia, Petróvitch!

— Desejo saúde ao senhor — respondeu Petróvitch e mirou de soslaio as mãos de Akáki Akákievitch, querendo definir a espécie de presa que este trouxera.

— É que, Petróvitch, aquilo ali...

É preciso sabermos que Akáki Akákievitch se exprimia, na maior parte das vezes, com tais preposições, advérbios e, afinal, partículas que decididamente não possuíam significado algum. E, sendo o assunto muito difícil de explicar, costumava até mesmo não terminar a frase, de modo que amiúde, ao começar seu discurso com as palavras: "É, na verdade, bem aquilo ali...", não adicionava mais nada, esquecendo o que ia dizer ou pensando que já dissera tudo.

— O que é? — perguntou Petróvitch, examinando, ao mesmo tempo, com o seu único olho todo o uniforme do servidor, desde a gola até as mangas, as costas, as abas e as casas de botões, e reconhecendo muito bem tudo isso por tê-lo costurado pessoalmente. Assim é o

---

[7] Antiga moeda russa equivalente a 10 copeques.

hábito dos alfaiates e a primeira coisa que eles fazem ao encontrar alguém.

— É que, Petróvitch, aquilo ali mesmo... é que o capote, o tecido... estás vendo, em todas as demais partes continua bem forte, só empoeirou um tiquinho e parece velho, mas ainda está novo, num lugar só é que ficou um pouco assim... nas costas e mais aqui, num dos ombros, um pouco surrado... e mais neste ombro também um pouquinho... estás vendo, é só isso. E não há tanto trabalho assim.

Petróvitch tomou o capote, desdobrou-o primeiramente na mesa, fitou-o por muito tempo, abanou a cabeça e estendeu a mão em direção ao peitoril da janela para pegar uma redonda tabaqueira com o retrato de um general: não sabemos ao certo que general era aquele, tendo o ponto onde se encontrava o rosto sido perfurado com um dedo e depois remendado com um pedacinho quadrangular de papel. Ao cheirar seu tabaco, Petróvitch abriu o capote com ambas as mãos, examinou-o à contraluz e tornou a abanar a cabeça. Em seguida, virou-o de forro para cima e abanou outra vez a cabeça, voltou a tirar a tampa com o general remendado mediante o tal papelzinho e, atulhando o nariz de tabaco, fechou e guardou a tabaqueira, dizendo afinal:

— Não tem jeito de arrumar, não: o traje tá ruim!

Essas palavras fizeram o coração de Akáki Akákievitch pular de susto.

— Por que não tem jeito, Petróvitch? — indagou ele com a voz quase suplicante de uma criança. — É que ficou só um pouquinho gasto nos ombros... é que tu tens aí uns pedacinhos de pano...

— Posso, sim, posso achar uns pedacinhos — disse Petróvitch —, mas não tem como os botar em cima: o negócio tá todo podre, é só meter a agulha e eis que se rasga...

— Deixa rasgar-se, pois, e coloca um remendinho.

— Mas não tem onde botar esse remendinho, não tem onde o prender, que o estrago é grande demais. Só se chama tecido... mas, se soprar um ventinho, não sobra nada.

— Pois prende de algum modo. O que está havendo? É, realmente, aquilo ali...

— Não — disse Petróvitch, resoluto —, não dá pra fazer nada. O negócio tá ruim mesmo. É melhor que o senhor faça dele, quando chegar o frio do inverno, um bocado de *onutchas*, já que as meias não esquentam. Foram os alemães que inventaram isso pra arrumar mais dinheiro (em ocasiões favoráveis, Petróvitch gostava de alfinetar os alemães). Quanto ao capote, parece que o senhor vai precisar de um novo.

Dita a palavra "novo", uma neblina sombreou os olhos de Akáki Akákievitch, e tudo o que estava no quarto ficou mesclado na sua frente. Ele enxergava com clareza apenas o general de cara remendada com papelzinho, que se encontrava na tampa da tabaqueira de Petróvitch.

— Como assim, um novo? — disse ele, ainda nesse estado de estupor. — É que nem dinheiro eu tenho para isso.

— Sim, um novo — confirmou Petróvitch com uma tranquilidade bárbara.

— Se eu precisar, pois, de um novo capote, então aquilo ali...

— Quer dizer quanto ele vai custar?

— Sim.

— Mas três cinquentinhas e tanto precisará desembolsar — disse Petróvitch, cerrando os lábios de uma maneira significante. Ele gostava muito de efeitos fortes, gostava de atordoar repentinamente alguém e de espiar, a seguir, de esguelha a careta que esse alguém fazia em resposta às suas palavras.

— Cento e cinquenta rublos por um capote! — exclamou o coitado Akáki Akákievitch; exclamou, quem sabe, pela primeira vez na vida, visto que sempre se destacava pela mansidão de sua voz.

— Siiim — disse Petróvitch —, e ainda depende de como é o capote. Se a gente botar uma marta como gola e aprontar um capuz com forro de seda, aí serão uns duzentos.

— Petróvitch, por favor — insistiu Akáki Akákievitch em tom de súplica, sem ouvir as palavras de Petróvitch, com todos aqueles efeitos, nem mesmo tentar ouvi-las —, arruma o capote de algum jeito para que sirva mais um tempinho.

— De jeito nenhum: é matar o trabalho e gastar o dinheiro em vão — redarguiu Petróvitch, e Akáki Akákievitch foi embora totalmente aniquilado por essas palavras.

E Petróvitch, quando ele saiu, ficou ainda muito tempo em pé, cerrando os lábios de sua maneira significante e sem voltar ao trabalho, todo satisfeito de ter preservado sua dignidade e defendido, de igual modo, a arte da alfaiataria.

Uma vez na rua, Akáki Akákievitch estava como que entorpecido. "Eta, mas que negócio assim e assado" — pôs-se a falar consigo mesmo. — "Eu, na verdade, nem pensava que fosse aquilo ali..." — e, após certo silêncio, acrescentou: "Pois é aquilo ali! Eis o que ocorreu, enfim... e eu, na verdade, nem podia supor que fosse aquilo ali." Seguiu-se, de novo, um longo silêncio, ao cabo do qual ele pronunciou: "Assim, é aquilo ali! Eis, realmente, uma inesperada... nem podia pensar naquilo ali... uma circunstância assim!" Dito isso, ele tomou, em vez de ir para casa, o rumo contrário, sem mesmo imaginar aonde ia. Um limpa-chaminés empurrou-o, pelo caminho, com seu flanco sujo e manchou-lhe o ombro todo de preto; uma porção de cal desabou sobre ele do topo de um prédio em construção. Ele não reparou em nada disso e só depois, esbarrando num vigilante policial que, ao deixar sua alabarda de lado, sacudia um corninho de tabaco sobre o seu punho caloso, só depois recuperou um pouco de sua consciência, e foi porque o vigilante lhe disse: "Sai de cima do meu focinho! Não te basta a calciçada?"[8] Isso o fez olhar ao redor e retornar para casa.

---

[8] Corruptela da palavra "calçada" pronunciada por um vigilante analfabeto e, talvez, bêbado. O termo russo seria "trotuar", mas o tal vigilante diz "trukhtuar", o que gera um efeito cômico.

Apenas então ele começou a juntar suas ideias, vendo claramente a sua verdadeira situação, e a falar consigo de forma não sincopada, mas razoável e sincera, como se fala com um camarada sensato a quem se pode confiar o mais íntimo dos assuntos. "Não" — disse Akáki Akákievitch —, "agora não dá para negociar com Petróvitch: agora ele está... aquilo ali... talvez a mulher tenha batido nele. É melhor que eu o visite domingo de manhãzinha: ele estará vesgo e sonolento, após sua 'sabatina', e vai querer mais bebida, mas a mulher não lhe dará dinheiro; enquanto isso, eu cá porei uma *grivna*... naquilo ali, na mão dele, e Petróvitch ficará mais suave; pois então, o capote será... bem aquilo ali." Assim resolveu Akáki Akákievitch com seus botões, animou-se, esperou até o domingo seguinte e, vendo de longe a mulher de Petróvitch sair de casa, foi direto ao quarto dele. Após sua bebedeira sabatina, Petróvitch estava, de fato, bastante vesgo, andava cabisbaixo e todo sonolento, mas, apesar disso tudo, ficou como que endiabrado, tão logo soube de que se tratava. "Não posso" — respondeu ele. — "Digne-se o senhor a encomendar um novo capote." Nisso Akáki Akákievitch pôs uma *grivna* em sua mão. "Agradeço ao senhor, vou tomar um pinguinho à sua saúde" — disse Petróvitch. — "Quanto ao capote, tenha a bondade de não se preocupar: ele não serve mais pra serventia nenhuma. Vou fazer um novo capote pro senhor, um ótimo, e assim é que tamos combinados."

Akáki Akákievitch tentou novamente falar em consertos, mas Petróvitch não o escutou direito e concluiu: "Farei, pois, um novo capote incomparável pro senhor, tenha a bondade de confiar na gente, que vamos aplicar todo o esmero. Até poderemos fazer como a moda exige: a gola terá fechos iguais a patinhas de prata como que *appliquées*".

Foi então que Akáki Akákievitch entendeu que não passaria sem o novo capote e ficou totalmente desanimado. Como, na realidade, de que maneira e com que dinheiro o faria? É claro que poderia contar com o futuro bônus por ocasião da festa, mas aquele dinheiro estava, havia tempos, distribuído e comprometido de antemão. Ele precisaria arranjar uma nova calça, pagar ao sapateiro a antiga dívida por ter munido suas botas de novas gáspeas e, ademais, encomendar à costureira três camisas e umas duas peças daquela roupa de baixo que é indecente mencionarmos no texto impresso — numa palavra, todo o dinheiro seria gasto por completo; e mesmo se o diretor fosse generoso o suficiente para lhe conceder, em vez de quarenta rublos de gratificação, uns quarenta e cinco ou cinquenta rublos, ainda assim lhe restaria uma soma desprezível, equivalente, naquele capital do capote, a uma gota no mar. Decerto Akáki Akákievitch sabia que Petróvitch tinha a extravagância de cobrar, quando menos se esperava, sabe lá o diabo que preços exorbitantes, de modo que a própria mulher dele não podia abster-se de gritar nesses casos: "Ficaste doido, seu besta? Da outra vez trabalhaste de graça, e agora o capeta te leva a cobrar tal preço que nem tu mesmo tens!" Decerto ele sabia que Petróvitch se dignaria a fazer o capote até por oitenta rublos, porém... de onde sairiam esses oitenta rublos? Ainda conseguiria metade dessa quantia; conseguiria, sim, quem sabe um pouco mais que isso, mas onde acharia a outra metade?... Contudo, o leitor necessita saber, antes do mais, como surgiu a primeira metade. Ao gastar cada seu rublo, Akáki Akákievitch costumava guardar um vintém numa caixinha fechada à chave, em cuja tampa havia um buraquinho para moedas. Terminado o semestre, ele conferia o cobre amealhado e substituía-o por miúdos de prata. Agia dessa maneira por muito tempo e acabou juntando, ao cabo de vários anos, mais de quarenta rublos. Assim, a primeira metade estava em suas mãos, mas onde arrumaria a segunda? Onde encontraria mais quarenta rublos? Akáki Akákievitch ficou pensando, cismando, e decidiu que teria de reduzir suas despesas ordinárias, pelo menos ao longo de um ano: suprimir o consumo de chá à noite; deixar de acender velas e, precisando fazer alguma coisa, ir ao quarto da locadora e trabalhar lá, com a velinha dela; andando pelas ruas, pisar nas pedras e lajes com a maior leveza e cautela, quase se pondo nas pontas dos pés a fim de não estragar, antes da hora, as solas; entregar o mais raro possível suas roupas de baixo à lavadeira e, para que estas não se gastassem, tirá-las todas as vezes que chegasse a casa e ficar apenas com um roupão de *demi-coton*,[9] muito velho e poupado

[9] Tecido feito parcialmente de algodão.

até pelo próprio tempo. A princípio, cumpre-nos dizer a verdade, ele teve alguns problemas em habituar-se a tantas limitações, mas depois se habituou de alguma forma, entrando nos eixos, e mesmo aprendeu a suportar bem sua fome noturna: alimentava-se, em compensação, espiritualmente, agregando aos seus pensamentos a eterna ideia do futuro capote. Desde lá, a própria existência de Akáki Akákievitch teria ficado mais plena, como se ele tivesse desposado alguém, como se vivesse com outra pessoa, como se não estivesse mais só, tendo uma agradável amiga consentido em acompanhá-lo nos caminhos da vida — e essa amiga era nada mais e nada menos que o dito capote provido de um sólido forro de algodão, forro este que nunca se gastaria. De certo modo, ele recuperou um pouco de seu ânimo, e seu caráter se tornou mais firme como o de um homem que já determinara e fixara um objetivo. Tanto seu semblante quanto suas ações se viram, por si só, livres da dúvida, da indecisão... numa palavra, de todos os traços hesitantes e indefinidos. Um fogo se acendia, por vezes, em seus olhos, e as ideias mais ousadas e denodadas despontavam-lhe na cabeça: e se realmente pusesse uma marta como gola? Tais reflexões quase o deixaram relapso. Um dia, copiando um papel, ele já ia cometer um erro, de sorte que exclamou "ui!", praticamente em voz alta, e fez um sinal da cruz. No decorrer de cada mês ele visitava, ao menos uma só vez, Petróvitch para falar sobre o capote — onde seria melhor comprar o tecido e de que cor e por qual preço? — e regressava, embora um tanto preocupado, mas sempre contente, a casa, pensando em como viria afinal o tempo em que tudo isso seria comprado e o capote ficaria pronto. O negócio avançou ainda mais depressa do que ele esperava. A despeito de todas as previsões, o diretor não concedeu a Akáki Akákievitch apenas quarenta ou quarenta e cinco, mas até mesmo sessenta rublos: tivesse ele pressentido que Akáki Akákievitch precisava de um capote ou tivesse aquilo ocorrido casualmente, o fato é que lhe vieram, por consequência, vinte rublos a mais. Essa circunstância acelerou o andar da carruagem. Ainda uns dois ou três meses de ligeira abstinência, e Akáki Akákievitch juntou, de fato, cerca de oitenta rublos. Seu coração, em geral bem tranquilo, rompeu a bater. Logo no primeiro dia conveniente ele foi, com Petróvitch, às lojas. Compraram um tecido de lã muito bom, e não era de admirar-se, pois vinham pensando nisso com meio ano de antecedência, sendo raros os meses em que não iam às lojas para sondar os preços; em compensação, Petróvitch disse que não havia tecido melhor. Para o forro escolheram o *buckram*,[10] mas bem encorpado e sólido, o qual seria, segundo Petróvitch, ainda melhor que a seda e, mesmo em aparência, mais bonito e lustroso. Prescindiram da marta, por ser realmente cara, porém escolheram, em lugar dela, uma gata — aliás, a melhor que acharam na loja —, uma gata que sempre se poderia confundir,

[10] Tecido liso e reluzente, de modo geral usado para fazer capas de livros.

de longe, com uma marta. Petróvitch dedicou ao capote tão só duas semanas, e isso porque teve de acolchoá-lo todo, senão o teria feito mais rápido ainda. Pelo trabalho Petróvitch cobrou doze rublos, já que não tinha como cobrar menos: fora absolutamente tudo costurado a fios de seda, com aqueles pontos miúdos e duplos que Petróvitch depois percorreu, um por um, com seus dentes para estampar diversas figuras. E foi... é difícil dizermos, com exatidão, em que dia, mas provavelmente no dia mais solene da vida de Akáki Akákievitch que Petróvitch lhe trouxe enfim o capote. Trouxe-o de manhã, pouco antes da hora em que ele devia ir ao departamento. E nunca, em nenhum outro momento, o capote viria tão a calhar, porquanto um frio assaz forte já se estabelecera, ameaçando, pelo que se via, ficar mais forte ainda. Petróvitch entregou o capote como um bom alfaiate que era. Seu rosto tinha uma expressão deveras significante que Akáki Akákievitch jamais vira antes. Ele parecia sentir plenamente que fizera um grande negócio e revelara, de supetão, em si próprio aquele abismo que separa os alfaiates a remendarem e ajustarem roupas velhas dos aptos a produzir roupas novas. Tirou o capote do pano que o envolvia e acabava de ser lavado; dobrou, em seguida, o pano e guardou-o para o uso posterior. Abrindo o capote, lançou um olhar orgulhoso e, segurando-o com ambas as mãos, colocou-o com muita destreza nos ombros de Akáki Akákievitch, depois o puxou para baixo e alisou sua parte traseira; por fim drapejou Akáki Akákievitch com o capote desabotoado. Akáki

Akákievitch quis, como um homem já idoso, experimentar as mangas; Petróvitch o ajudou também nisso, e, uma vez enfiados os braços nas mangas, o capote lhe caiu de igual modo ótimo. Numa palavra, concluiu-se que o capote servia perfeitamente bem. Petróvitch não perdeu, nessa ocasião, a oportunidade de dizer que havia cobrado tão pouco só pelo fato de morar numa rua pequena, de trabalhar sem tabuleta e de conhecer Akáki Akákievitch de longa data, e que na Avenida Nêvski[11] lhe cobrariam, apenas pelo trabalho, setenta e cinco rublos. Akáki Akákievitch não estava disposto a discutir isso com Petróvitch, sentindo, ainda por cima, medo daquelas somas vultosas que Petróvitch citava com gosto para jogar poeira nos olhos: acertou a conta, agradeceu ao alfaiate e logo se dirigiu ao departamento com o seu novo capote. Petróvitch saiu atrás dele e, plantado no meio da rua, ficou mirando o capote de longe, depois tomou de propósito uma viela entortada para, usando esse atalho, ultrapassar seu cliente que ia pela rua e rever sua obra do outro lado, isto é, bem de frente. Nesse ínterim, Akáki Akákievitch caminhava no mais festivo estado de todos os sentimentos. Sentia, a cada instante, seu novo capote nos ombros e acabou sorrindo, algumas vezes, de satisfação interior. Possuía, na realidade, duas vantagens: em primeiro lugar, estava agasalhado e, em segundo, estava bem. Nem sequer reparou em

---

[11] A principal via pública do centro histórico de São Petersburgo.

seu percurso e subitamente se viu no departamento; despiu o capote no vestíbulo, examinou-o de todos os lados e confiou-o à vigilância especial do porteiro. Não se sabe de que modo o departamento inteiro ficou, de chofre, ciente do novo capote de Akáki Akákievitch e de que o roupão não existia mais. No mesmo minuto, todo mundo veio correndo ao vestíbulo para ver esse novo capote de Akáki Akákievitch. Os colegas se puseram a parabenizá-lo e a saudá-lo, de sorte que a princípio ele se mostrou apenas sorridente e depois até mesmo envergonhado. E quando o rodearam dizendo que seria preciso comemorar o novo capote e que ele deveria, ao menos, fazer uma festinha para todos, Akáki Akákievitch se perdeu completamente e não sabia mais como se comportar, o que responder e que desculpas inventar. Passados alguns minutos, enrubesceu todo e já ia afirmar, com muita ingenuidade, que não era, de jeito nenhum, um novo capote e, sim, aquele ali, o antigo. No fim das contas, um dos funcionários — aliás, o assessor do próprio chefe de seção — disse com o provável intuito de demonstrar que não era nada arrogante e mexia, inclusive, com os inferiores: "Pois bem, eu é que faço uma festinha, em vez de Akáki Akákievitch, e convido vocês a vir tomar chá comigo: meu aniversário é hoje, como que de propósito". Os funcionários não demoraram, bem entendido, a felicitar o assessor do chefe de seção e aceitaram de boa vontade o convite dele. Akáki Akákievitch começou a forjar pretextos para não ir, mas todos alegaram que era falta de educação e, simplesmente, vexame e opróbrio, e assim não lhe deixaram a mínima possibilidade de recusar o convite. De resto, ele chegou mais tarde a sentir mesmo certo prazer, tão logo lembrou que teria com isso o ensejo de passear à noitinha de novo capote. Todo aquele dia foi, para Akáki Akákievitch, igual à maior e à mais solene das festas. Ele voltou para casa felicíssimo, tirou o capote e pendurou-o cuidadosamente numa parede, para admirar outra vez o tecido e o forro, pegando em seguida, por mero cotejo, o capote antigo, já todo desmantelado. Olhou para ele e mesmo se pôs a rir, tamanha era a diferença entre os dois trajes! E muito tempo depois, durante o almoço, continuou sorrindo ao recordar o estado em que se encontrava o capote antigo. Almoçou jovialmente e não escreveu nada após o almoço, não copiou papelada alguma, mas se refestelou um tantinho, qual um sibarita,[12] em sua cama e ficou descansando até o anoitecer. Vestiu-se a seguir, sem atrasar a saída, envergou seu capote e foi embora. Infelizmente não podemos dizer qual era o endereço exato do servidor que o convidara: a memória começa a falhar-nos para valer, e tudo quanto houver em Petersburgo, todas as ruas e todos os edifícios se juntam e se misturam tanto em nossa mente que é bastante difícil retirarmos dali algum objeto de aparência nítida. Seja como for, é seguro ao menos que o tal servidor morava na parte melhor da cidade, ou seja, nada

[12] Alusão aos habitantes da antiga cidade grega de Síbaris que levavam uma vida ociosa, leviana e desregrada.

perto de Akáki Akákievitch. De início este teve de percorrer certas ruas desertas e parcamente iluminadas; todavia, à medida que se aproximava da morada do servidor, as ruas se tornavam mais animadas, mais populosas e mais claras. Os pedestres apareciam lá com mais frequência, avistavam-se até mesmo algumas damas bem-apessoadas, os homens ostentavam, vez por outra, golas de castor; em vez dos precários trenós de madeira com grades pontilhadas de pregos dourados, passavam volta e meia os trenós envernizados com seus cocheiros de escarlates chapéus de veludo e suas cobertas de pele de urso, e as carruagens de luxo, cujas boleias estavam todas enfeitadas, atravessavam voando a rua, fazendo suas rodas guincharem por sobre a neve. Akáki Akákievitch via tudo isso como uma novidade: fazia já alguns anos que ele não saía de casa à noite. Parou, curioso, diante da janela iluminada de uma loja para ver o quadro a representar uma bonita mulher que descalçava sua botina, desnudando assim toda a perna, também muito jeitosa, enquanto por trás dela assomava, das portas do outro cômodo, a cabeça de um homem de costeletas e um belo cavanhaque debaixo do lábio. Akáki Akákievitch abanou a cabeça, sorriu e retomou seu caminho. Por que será que ele sorriu? Talvez por ter encontrado uma coisa totalmente desconhecida, a respeito da qual todo mundo conserva, porém, certo faro, ou por ter pensado, a exemplo de muitos outros servidores, o seguinte: "Ora, esses franceses! Nada a dizer: se quiserem aquilo ali, então será justamente aquilo ali...". Ou, sabe-se lá, não pensou nem isso: feitas as contas, não podemos penetrar na alma de um homem e descobrir tudo o que ele pensa. Por fim, ele alcançou o prédio em que residia o assessor do chefe de seção. Este vivia em grande estilo: uma lanterna alumiava a escadaria, ficando o apartamento dele no segundo andar. Uma vez na antessala, Akáki Akákievitch viu compridas fileiras de galochas no chão. No meio do cômodo, cercado dessas galochas, estava um samovar que borbulhava e soltava bufadas de vapor. Muitos capotes e capas pendiam nas paredes, tendo alguns deles até mesmo golas de castor ou lapelas de veludo. Detrás da parede ouviam-se ruídos e falas que se tornaram, de repente, nítidos e sonoros quando se abriu a porta e passou um lacaio trazendo em sua bandeja vários copos vazios, uma leiteira e uma cestinha de torradas. Era óbvio que os servidores estavam lá havia muito tempo e já tinham tomado o primeiro copo de chá. Ao pendurar seu capote, Akáki Akákievitch adentrou o quarto, surgindo na sua frente, de uma vez só, as velas, os convidados, os cachimbos, as mesas de jogo e afetando-lhe vagamente o ouvido uma conversa desinibida, que soava de todos os lados, e o barulho das cadeiras deslocadas. Muito embaraçado, ele se postou no meio do quarto, buscando inventar para si alguma ocupação. Entretanto, os colegas o avistaram e saudaram aos berros, indo de imediato à antessala para examinar novamente o seu capote. Akáki Akákievitch ficou um pouco confuso, mas, sendo um homem sincero, não pôde deixar de alegrar-se ao ver todos elogiarem o traje dele. Depois todo mundo o abandonou, bem entendido, com esse capote e dirigiu-se, como de praxe, às mesas reservadas para jogar baralho. Tudo isso — o barulho, a conversa e a multidão reunida — era, de certa forma, estranho para Akáki Akákievitch. Ele ignorava simplesmente como se portar, onde pôr as mãos, os pés e o corpo todo; acabou por acomodar-se ao lado dos jogadores e foi olhando ora as cartas ora as fisionomias de uma ou outra pessoa, passando algum tempo depois a bocejar e a sentir-se enfadado, ainda mais que já chegara o momento em que ele ia, de ordinário, para a cama. Ele queria despedir-se do anfitrião, mas não o deixaram fazer isso, dizendo que era obrigatório todos despejarem uma taça de champanhe em homenagem ao seu traje novo. Uma hora mais tarde foi servido o jantar composto de salada russa, carne de vitela fria, patê, pasteizinhos doces e champanhe. Akáki Akákievitch se viu constrangido a tomar duas taças, sentindo em seguida que o quarto se animara bastante, mas não conseguiu, de maneira alguma, esquecer que já era meia-noite e que estava bem na hora de retornar para casa. A fim de que o dono da festa não procurasse detê-lo, saiu às ocultas do quarto, achou na antessala o seu capote, vendo-o, não sem tristeza, jogado no chão, sacudiu-o para tirar a menor sujeira, vestiu-o e desceu a escada que levava para a rua. Ainda estava tudo claro ali. Umas lojinhas de varejo, aqueles permanentes clubes de servos e outra plebe, continuavam abertas; as outras lojas, que estavam trancadas, derramavam, no entanto, compridas faixas de luz através de todas as frestas das suas portas, manifestando assim que havia gente lá dentro e que a criadagem estava, por certo, longe de terminar a sua tagarelice e, desse modo, deixava os seus senhores em plena perplexidade quanto à sua localização. Akáki Akákievitch caminhava bem-humorado e mesmo se pôs a correr, não se sabe por que motivo, no encalço de uma dama que tinha passado, feito um relâmpago, perto dele e cujo corpo estava todo repleto de extraordinário requebro. Contudo, parou imediatamente e voltou a andar devagarinho, surpreso, ele próprio, com esse trotar de origens ignotas. Em breve, estenderam-se na sua frente aquelas ruas desertas que não eram nada alegres nem mesmo de dia, sem falar em como se tornavam à noite. Agora elas estavam ainda mais ermas e isoladas: os postes de luz surgiam cada vez mais raros (fornecia-se, pelo visto, menos óleo); apareciam as casas e cercas de madeira; não havia uma alma viva arredor, apenas a neve cintilava pelas ruas e as baixinhas cabanas tristes dormiam de contraventos fechados. Ele se achegou àquele lugar onde a rua desembocava numa infinda praça semelhante, com umas casas quase invisíveis do outro lado, a um horrível deserto.

Ao longe, sabe Deus a que distância, uma luz bruxuleava numa guarita que parecia situada nos confins do mundo. A alegria de Akáki Akákievitch diminuiu consideravelmente. Ele enveredou pela praça com certo receio involuntário, como se seu coração pressentisse algo ruim. Olhou para trás e para os lados: um verdadeiro mar rodeava-o. "Não, é melhor nem olhar" — pensou então e foi avançando de olhos fechados; quando os reabriu para saber se estava perto do fim da praça, viu-se, de súbito, face a face com dois homens bigodudos, mas já não conseguiu discernir quais eram aqueles homens. Sua vista se turvou e seu coração desandou a palpitar. "Mas esse capote é meu!" — disse um dos homens com uma voz retumbante, pegando-o pela gola. Akáki Akákievitch ia gritar "socorro!", mas o outro homem aproximou da sua boca um punho do tamanho de sua cabeça, ameaçando: "Só tenta aí dar um pio!". Akáki Akákievitch sentiu apenas tirarem-lhe o capote e golpearem-no com uma acha de lenha, tombou de costas na neve e não percebeu mais nada. Minutos depois, recuperou os sentidos e levantou-se, mas já não havia ninguém ao seu lado. Sentindo que no ermo fazia frio e que ele estava sem o capote, começou a gritar; todavia, sua voz nem se dispunha, aparentemente, a atingir os limites da praça. Desesperado, sem se cansar de gritar, foi correndo através da praça, em direção à guarita junto da qual estava plantado um vigilante policial que se apoiara em sua alabarda e olhava com perceptível curiosidade, desejando saber por que diabos um homem vinha, a correr, de longe e vociferava. Acercando-se dele, Akáki Akákievitch rompeu a gritar, ofegante, que o vigilante estava dormindo e não vigiava coisa nenhuma, nem via como um cidadão tinha sido roubado. O vigilante respondeu que não vira nada mesmo, apenas que dois homens o haviam detido no meio da praça, e pensara que fossem seus amigos; aconselhou-o depois que fosse no dia seguinte, em vez de xingar por ali em vão, ver o inspetor da quadra, o qual encontraria aquele que roubara o capote. Akáki Akákievitch veio a sua casa em plena desordem: os cabelos que ainda lhe sobravam, pouco numerosos nas têmporas e na nuca, estavam todos despenteados; o flanco, o peito e toda a calça dele, cobertos de neve. Ao ouvir alguém dar pancadas medonhas na porta, sua velha locadora saltou, às pressas, da cama e, calçando tão só um chinelo, correu para abrir; levava uma mão ao peito, a segurar por pudor sua camisola, mas, uma vez aberta a porta, pulou para trás de ver Akáki Akákievitch nesse estado. E, quando ele contou o que ocorrera, agitou os braços e disse que era preciso ir ver o delegado, que o inspetor ia engabelá-lo, prometendo mundos e fundos para ganhar tempo, e que o melhor seria ir logo falar com o delegado em pessoa, que ela o conhecia, inclusive, pois Anna, finlandesa que antes lhe servira de cozinheira, trabalhava agora como babá na casa do delegado, que ela própria via o delegado frequentemente, passando ele de carruagem perto da sua casa, e que ademais ele ia todo domingo à igreja, rezava lá e, ao mesmo tempo, olhava para todos com alegria, dando tudo isso a entender que devia ser um homem bom. Ouvindo tal decisão, Akáki Akákievitch foi, entristecido, para o seu quarto, e como ele passou a noite, disso propomos julgar a quem possa imaginar, de alguma forma, a situação de outrem. Foi, de manhã cedo, à casa do delegado, porém lhe disseram que este estava dormindo; voltou às dez horas, porém lhe disseram de novo que o delegado dormia; veio às onze, porém lhe disseram que o delegado não estava em casa; reapareceu na hora do almoço, porém os escribas da antessala não quiseram deixá-lo entrar, insistindo em saberem sem falta por que razão ele viera, que necessidade o trouxera e o que lhe acontecera. Afinal de contas, Akáki Akákievitch resolveu, uma vez na vida, exibir sua índole e atalhou que necessitava ver o delegado em pessoa e que os escribas não tinham o direito de impedi-lo de entrar, que ele viera do departamento por motivos oficiais e que, quando se queixasse deles, então eles veriam o que era bom para a tosse. Os escribas não se atreveram a dizer nada contra isso, e um deles foi chamar o delegado. No entanto, o delegado escutou o relato sobre o roubo do capote de uma maneira extremamente estranha. Em vez de prestar atenção ao essencial ponto do tema, passou a interrogar Akáki Akákievitch — por que este voltava para casa tão tarde? teria visitado, porventura, algum lugar indecente? —, de modo que Akáki Akákievitch ficou totalmente confuso e foi embora sem saber se o inquérito concernente ao seu capote teria devida continuação ou não. Ao longo de todo aquele dia (a única vez em toda a sua vida), ele não apareceu no escritório. No dia seguinte foi trabalhar todo pálido e com seu capote antigo, o qual se tornara ainda mais deplorável. A narração sobre o roubo enterneceu muitos funcionários, conquanto alguns deles tivessem aproveitado mesmo esse caso para se rirem de Akáki Akákievitch. Decidiram logo fazer, em favor dele, uma caixinha, mas a soma que os servidores conseguiram juntar revelou-se ínfima, tendo eles já esbanjado bastante dinheiro para encomendar o retrato do diretor e bancar um livro cujo autor era amigo do chefe de seção. Movido pela compaixão, um dos servidores resolveu, pelo menos, ajudar Akáki Akákievitch com um bom conselho, dizendo que não lhe cumpria ir falar com o policial, pois este, mesmo capaz de encontrar, por algum acaso, o capote a fim de merecer a aprovação dos superiores, reteria o capote na polícia se a vítima não apresentasse legítimas provas de ser o dono da vestimenta, mas que o melhor seria dirigir-se a certa pessoa influente, a qual se comunicaria por escrito com quem de direito, fazendo assim que a investigação avançasse com mais sucesso. Por falta de alternativas, Akáki Akákievitch decidiu recorrer àquela pessoa influente. Que cargo exercia a pessoa em questão e como eram suas funções, isso nos resta até agora desconhecido. É preciso sabermos que a pessoa influente se tornara influente há pouco tempo, tendo sido antes uma pessoa sem influência alguma. Seu cargo continuava, aliás, a ser considerado pouco considerável em comparação com outros cargos mais consideráveis. Todavia, existe sempre um círculo de indivíduos ao qual aquilo que é pouco considerável, aos olhos de outrem, parece merecer muita consideração. De resto, a dita pessoa influente buscava aumentar sua influência com vários métodos, a saber: mandara que os funcionários inferiores a cumprimentassem ainda na escada, quando ela vinha ao escritório, e que ninguém ousasse recorrer a ela diretamente, indo o expediente em rigorosa conformidade com a hierarquia dos títulos, dirigindo-se o servidor de décima quarta classe ao servidor de décima segunda classe, o de décima segunda classe ao de nona classe e assim por diante, para que o assunto chegasse, dessa maneira, ao seu influente conhecimento. Assim é que tudo, na santa Rússia, está contaminado de imitação: cada um representa e arremeda o seu chefe. Dizem, inclusive, que um servidor de nona classe designado o gerente de uma pequena repartição pública arranjou, desde logo, um cômodo especial, chamando-o de "gabinete de chefia", e pôs às suas portas uma espécie de camaroteiros, de golas vermelhas e galões, que pegavam no puxador das portas e abriam-nas a cada visitante, embora no tal "gabinete de chefia" mal coubesse uma simples escrivaninha. Os usos e costumes da pessoa influente eram imponentes e majestosos, porém não muito complexos. O principal fundamento de seu sistema era a rigidez. "Rigidez, rigidez e... rigidez" — dizia ela de praxe e, pronunciando a última palavra, olhava de modo bem significativo para o rosto de seu interlocutor, ainda que não houvesse nenhuma razão para isso: uma dezena de funcionários, que compunha todo o mecanismo governamental da repartição, vivia devidamente amedrontada e, ao avistar o chefe de longe, abandonava de pronto o trabalho e esperava, em posição de sentido, até que ele passasse pela sua sala. A conversa da pessoa influente com os subordinados manifestava, de ordinário, severidade, contendo praticamente três frases: "Como você ousa? Você sabe com quem está falando? Você compreende quem está na sua frente?" Aliás, era um homem bondoso, lá no fundo da alma, um bom companheiro e um servidor prestativo, mas o generalato o deixara completamente desnorteado. Promovido a general, ele se confundira de certa maneira, perdera o rumo e não tinha mais a menor ideia de como se comportar. Quando lidava com seus iguais, ainda era um homem decente, um homem bastante honesto e mesmo não muito tolo em vários aspectos; contudo, assim que se via em presença das pessoas que estavam, ao menos, um degrau abaixo dele, enfrentava a pior das situações possíveis: mantinha-se calado, e sua postura suscitava tanto mais piedade que ele próprio sentia que seu passatempo poderia ser incomparavelmente melhor. Em seus olhos surgia, de vez em quando, uma forte vontade de aderir a uma conversa ou companhia interessante, coibida, porém, pelo pensamento se não seria aquilo por demais familiar de sua parte, e se, agindo dessa maneira, ele não faria sua significância diminuir. Em consequência de tais reflexões, ele permanecia eternamente no mesmo estado de silêncio, articulando tão só vez por outra alguns sons monossilábicos, e acabou adquirindo assim a reputação do homem mais tedioso do mundo. Foi essa a pessoa influente que veio abordar nosso Akáki Akákievitch: veio, por sinal, no momento menos oportuno para si mesmo, embora assaz oportuno para a pessoa influente. O general se encontrava em seu gabinete e conversava, de modo muito e muito alegre, com um velho conhecido recém-chegado, um amigo de infância que não tinha visto por vários anos. Nesse ínterim, informaram-no que viera um tal de Bachmátchkin. O general perguntou bruscamente: "Quem é?" — "Um funcionário" — responderam-lhe. — "Ah! Ele pode esperar, agora estou ocupado" — disse o homem influente. Aqui, cumpre-nos dizer que era uma mentira descarada: o homem influente estava livre, tendo já falado com seu companheiro sobre todas as coisas, e ambos alternavam, havia tempos, sua conversa com longas pausas, apenas dando tapinhas um na coxa do outro e comentando: "É isso aí, Ivan Abrâmovitch!" — "Isso mesmo, Stepan Varlâmovitch!" Apesar disso tudo, mandou que o funcionário esperasse a fim de mostrar ao amigo, o qual deixara de servir muitos anos atrás, mofando desde então em sua propriedade rural, quanto tempo os servidores passavam à espera de sua recepção. Ao conversar e, mais ainda, ao ficar calado até dizer chega, fumando um charutinho numa poltrona bem confortável de costas dobráveis, lembrou-se afinal da visita e disse subitamente ao secretário que estava às portas com uns relatórios na mão: "Ah, sim, parece que há um funcionário lá fora; diga que ele pode entrar". Vendo a humilde aparência de Akáki Akákievitch e seu uniforme vetusto, voltou-se de supetão para ele e perguntou: "O que deseja?" com aquela voz brusca e firme que tinha ensaiado, proposital e antecipadamente, em seu quarto, sozinho ante o espelho, ainda uma semana antes de obter seu cargo presente e seus privilégios de general. Akáki Akákievitch, que vinha sentindo de antemão uma timidez própria das circunstâncias, ficou um tanto confuso e, como podia, ou seja, como lhe permitia a sua desenvoltura verbal, explanou, com a adição mais frequente que noutras ocasiões do termo "aquilo ali", que tinha um capote novinho em folha e fora assaltado de modo bem desumano, e que agora pedia ao general que fizesse, de alguma forma, "aquilo ali", escrevendo ao senhor comandante da polícia ou a quem de direito para estes encontrarem o seu capote. Não se sabe por que o general achou tal solicitação descortês.

— O que é isso, prezado senhor? — disse ele bruscamente. — Não conhece a ordem? Por que veio aqui? Não sabe como se fazem as coisas? Antes o senhor deveria encaminhar seu pedido ao secretariado: ele iria do chefe de seção ao chefe de repartição, em seguida seria entregue ao secretário, e o secretário o entregaria depois para mim...

— Mas, Vossa Excelência — respondeu Akáki Akákievitch, procurando juntar toda a pequena porção de ânimo que possuía e sentindo, ao mesmo tempo, que suara de maneira horrível — ... eu, Vossa Excelência, ousei causar-lhe contrariedade porque os secretários são... aquilo ali... um povo inconfiável...

— Quê, quê, quê? — retrucou a pessoa influente. — Onde foi que o senhor se contagiou com esse espírito? Onde se contaminou com essas ideias? Qual é esse frenesi que se propaga entre os jovens para desafiarem seus chefes e superiores?

A pessoa influente não percebeu, pelo visto, que Akáki Akákievitch já tinha mais de cinquenta anos. Assim sendo, mesmo se fosse possível chamá-lo de jovem, seria apenas de forma relativa, ou seja, em comparação com um homem que já passara dos setenta.

— O senhor sabe a quem está dizendo isso? O senhor compreende quem está na sua frente? O senhor compreende isso, compreende? Sou eu que pergunto!

Nisso ele deu uma patada no chão, elevando a voz até uma nota tão forte que não apenas Akáki Akákievitch levaria um susto. Akáki Akákievitch ficou semimorto, cambaleou e, tremendo-lhe todo o corpo, não conseguiu mais manter-se em pé: se os vigias não tivessem logo acorrido para arrimá-lo, ele teria caído. Carregaram-no para fora quase exânime. E a pessoa influente, satisfeita com o efeito que até mesmo transcendera suas expectativas, e toda entusiasmada com a ideia de sua palavra ser capaz de fazer um homem desmaiar, olhou de soslaio para o seu companheiro a fim de saber o que ele pensava disso e viu, não sem prazer, que o próprio companheiro se encontrava num estado algo indefinido e já começava, por sua parte, a sentir medo.

Como desceu a escada, como saiu do prédio... de nada disso Akáki Akákievitch não se lembraria mais. Falhavam-lhe os braços e as pernas. Ainda não fora, em toda a sua vida, repreendido assim por um general que, para completar, era do outro departamento. Ia através de uma tempestade de neve a silvar pelas ruas, ia de boca aberta, sem respeitar as calçadas; o vento soprava nele, conforme um hábito petersburguense, de todos os lados, de toda ruela. Fez-se, num instante, uma inflamação em sua garganta; ele voltou para casa incapaz de dizer uma só palavra, ficou todo inchado e caiu de cama. Eis que abalos produz, às vezes, uma reprimenda conveniente! Já no dia seguinte uma grave febre se apossou dele. Graças à generosa contribuição do clima petersburguense, a doença avançava mais depressa do que se podia esperar, e, quando compareceu um doutor, não lhe restava outra coisa a fazer senão, apalpando o pulso, prescrever um cataplasma, com a única finalidade de não deixar o doente sem a ajuda salutar da medicina; declarou, aliás, que este faleceria na certa, ao mais tardar daí a um dia e meio. Dito isso, voltou-se para a locadora e acrescentou: "E você, queridinha, nem perca seu tempo à toa; encomende logo um caixão de pinho para ele, já que o de carvalho será caro demais". Se Akáki Akákievitch ouviu essas palavras fatais e se, uma vez ouvidas, elas lhe provocaram uma impressão arrebatadora, se ele lamentou a sua vida cheia de sofrimentos — não sabemos nada acerca disso, porquanto ele estava o tempo todo com muita febre e delirando. Diversas imagens, uma mais esquisita que a outra, atormentavam-no incessantemente: ora ele via Petróvitch, encomendando-lhe um capote munido de armadilhas para os ladrões, que o delírio fazia pulularem debaixo da sua cama, e chamava a cada minuto a locadora para que esta apanhasse um ladrão até mesmo sob a sua coberta, ora indagava por que o velho capote estava pendurado na sua frente, desde que ele tinha um capote novo, ora imaginava estar diante do general, escutando aquela reprimenda conveniente e repetindo: "Perdão, Vossa Excelência" ou mesmo chegando a proferir as mais terríveis injúrias, de modo que a velhinha locadora até se benzia por nunca o ter ouvido dizer nada parecido, ainda mais que essas palavras vinham imediatamente após o título "Vossa Excelência". A seguir, ele dizia coisas totalmente sem nexo, e não se podia compreender mais nada; percebia-se apenas que seus pensamentos e falas giravam, desconexos, em torno daquele mesmo capote. Afinal, o pobre Akáki Akákievitch expirou. Nem o seu quarto nem os seus pertences ficaram lacrados, porque, primeiro, não havia herdeiros e, segundo, o patrimônio dele era muito escasso, incluindo, notadamente, um feixe de penas de ganso, uma pilha de papel branco de escritório, três pares de meias, dois ou três botões que se tinham desprendido da sua calça e o capote que o leitor já conhece. Deus sabe quem levou tudo isso: confesso que o narrador desta história nem sequer teve interesse em sabê-lo. Akáki Akákievitch foi carregado até o cemitério e enterrado. E Petersburgo ficou sem Akáki Akákievitch, como se este jamais tivesse morado ali. Sumiu para sempre a criatura que ninguém defendia, a que ninguém dava valor, por que ninguém se interessava, a qual não atrairia a atenção nem mesmo de um naturalista que não perde a oportunidade de perfurar, com um alfinete, uma simples mosca para examiná-la ao microscópio; uma criatura que aturava humildemente as caçoadas dos servidores e, sem ter feito nenhuma coisa relevante, desceu à sepultura, mas foi visitada, embora bem no final da vida, por algo luminoso em forma daquele capote, que animara, por um instante, a sua pobre existência, e acabou logo esmagada por uma desgraça insuportável, a mesma desgraça, aliás, que esmaga os reis e soberanos do mundo... Alguns dias após sua morte, um dos vigias do departamento foi mandado para a sua casa com a prescrição de comparecer sem demora, por ordem do chefe, mas esse vigia se viu obrigado a voltar de mãos vazias, comunicando que o funcionário não podia mais comparecer, e respondeu à pergunta "por quê?" com a frase seguinte: "Pois ele morreu, já faz quatro dias que está enterrado". Assim o departamento ficou ciente da morte de Akáki Akákievitch, e o lugar dele ocupou, um dia depois, um servidor bem mais alto, cuja letra não era tão reta assim, mas bem mais oblíqua e sinuosa.

Contudo, quem poderia imaginar que nisso a história de Akáki Akákievitch não terminaria e que ele iria viver alguns dias escandalosos após ter morrido, como se fosse uma recompensa pela sua vida em que ninguém reparara? Aconteceu isso mesmo, e nossa humilde narrativa teve um desfecho inesperadamente fantástico. Em Petersburgo correram, de repente, rumores de que perto da ponte Kalínkin e muito além dela começou a aparecer, de noite, um servidor morto que procurava um capote roubado e arrancava de todos os ombros, sem distinção de título e patente, quaisquer capotes, como se fosse aquele: os de felinos e de castor, forrados de algodão, assim como as peliças de guaxinim, de raposa, de urso — numa palavra, toda espécie de peles e couros que os humanos haviam inventado para cobrir a sua própria pele. Um dos funcionários do departamento viu o defunto pessoalmente e logo reconheceu neste Akáki Akákievitch; porém isso lhe causou tamanho medo que ele foi correndo de todas as forças e não pôde, portanto, enxergá-lo bem, vendo-o apenas fazer, de longe, um gesto ameaçador com um dedo. Por toda a parte circulavam, sem parar, as queixas de que as costas e os ombros dos servidores não só de nona, mas até mesmo de terceira classe, estavam sujeitos ao total resfriado por causa dos roubos noturnos de seus capotes. A polícia recebeu a ordem de prender o defunto custasse o que custasse, vivo ou morto, e de puni-lo de forma exemplar e crudelíssima, tendo a polícia quase conseguido realizar tal proeza. O vigilante de certa quadra pegou o defunto pela gola na travessa Kiriúchkin, indo já flagrar-lhe a tentativa de roubar o capote de *frise*[13] de um músico aposentado que havia tocado, tempos atrás, a flauta. Pegando-o, pois, pela gola, o vigilante chamou, aos berros, dois companheiros, mandou que o segurassem e enfiou, ele próprio, a mão em sua bota, por um minutinho apenas, para tirar de lá uma tabaqueira e refrescar assim o seu nariz seis vezes congelado ao longo de sua vida, mas o tabaco

---

[13] Termo francês que designa um grosso e felpudo tecido de lã.

era, sem dúvida, de tal espécie que nem o defunto poderia aguentá-lo. Mal o vigilante tapou, com um dedo, a narina direita e sugou com a esquerda meio punhado de tabaco, o defunto deu um espirro tão forte que turvou os olhos dos três policiais com sua baba. Enquanto eles se enxugavam com as mãos, o fantasma lhes escapou, de sorte que mais tarde eles nem saberiam dizer se o haviam flagrado de fato. Desde então os vigilantes sentiam tanto pavor dos defuntos que receavam prender até mesmo os vivos, gritando apenas de longe: "Ei, tu, vai aonde ias!", e o servidor morto passou a aparecer, inclusive, aquém da ponte Kalínkin e a impor bastante medo a todas as pessoas pusilânimes. Entretanto, nós nos esquecemos completamente de certo homem influente, o qual era, na realidade, quase o primordial motivo da direção fantástica desta nossa história perfeitamente verídica. Antes de tudo, nosso dever de sermos justos manda dizer que, tão logo o pobre Akáki Akákievitch levou a maior bronca e foi embora, o homem influente sentiu algo semelhante ao arrependimento. A compaixão não lhe era alheia: seu coração conhecia vários bons ímpetos, conquanto o título os impedisse amiúde de se revelarem. Assim que o companheiro recém-chegado saiu do seu gabinete, ele ficou refletindo no pobre Akáki Akákievitch. Desde então passou a cismar, quase todos os dias, naquele pálido servidorzinho que não suportara a censura superior. Tal pensamento o incomodava a ponto que, uma semana mais tarde, ele decidiu mesmo enviar um funcionário para saber como Akáki Akákievitch estava e se não seria realmente possível ajudá-lo de alguma maneira; quando lhe comunicaram que Akáki Akákievitch morrera de uma febre fulminante, sofreu até um baque, sentiu remorsos e passou o dia inteiro fora de si. Querendo divertir-se um pouco e esquecer sua impressão desfavorável, o homem influente foi ao sarau de um dos seus companheiros, em cuja casa encontrou uma sociedade decente e, o melhor de tudo, composta de pessoas que tinham, quase todas, o mesmo título, de modo que literalmente nada o constrangeria ali. Isso exerceu um influxo pasmoso sobre o seu estado de espírito. Ele se tornou descontraído, agradável em suas conversas, amável — numa palavra, passou a noite com muito prazer. Tomou, durante o jantar, umas duas taças de champanhe, bebida que, como se sabe, tem bastante eficiência em relação à jovialidade. O champanhe gerou-lhe a disposição para diversas excentricidades: ele resolveu, em particular, não voltar rápido para casa, mas visitar uma dama que conhecia, Carolina Ivânovna, dama de origem provavelmente alemã pela qual nutria sentimentos bem amigáveis. É preciso dizermos que o homem influente era uma pessoa já vivida, um bom esposo e um respeitável pai de família. Dois filhos, um dos quais já servia numa repartição pública, e uma bonita filha de dezesseis anos, provida de um narizinho um tanto curvo, mas também bonitinho, vinham diariamente beijar-lhe a mão, dizendo: "*Bonjour, papa.*[14]" Sua esposa, uma mulher ainda fresca e mesmo

---

[14] Bom dia, papai (em francês).

não tão feiosa assim, deixava o marido beijar a mão dela e depois, virando-a para outro lado, beijava a mão dele. Contudo, o homem influente (de resto, bem satisfeito com o carinho de seus familiares), achou decoroso arranjar, noutra parte da cidade, uma mulher para relações amigáveis. Essa amiguinha não era nada melhor nem mais nova que sua esposa, porém tais casos acontecem neste mundo, e não nos cabe julgar a respeito deles. Enfim, o homem influente desceu a escada, sentou-se no seu trenó e disse ao cocheiro: "À casa de Carolina Ivânovna", ficando, ele próprio, suntuosamente agasalhado com um capote quentinho, a desfrutar daquele estado gostoso que é o melhor dos estados idealizados para um homem russo, ou seja, quando você mesmo não pensa em nada e os pensamentos lhe vêm, por si só, à cabeça, um mais aprazível que o outro, sem o forçarem a persegui-los nem a buscá-los. Cheio de satisfação, ele relembrava, distraído, todos os ditosos momentos da noite, todas as palavras que tinham levado o pequeno círculo de seus amigos a cair na gargalhada, até repetia, a meia-voz, muitas daquelas palavras, achando-as tão engraçadas quanto antes e pensando que, por essa razão, não era estranho rir à vontade delas. Por vezes atrapalhavam-no, todavia, as rajadas de vento que, surgindo de supetão Deus sabe de onde e por que motivo, cortavam o seu rosto, jogavam nele flocos de neve, erguiam a gola do seu capote feito uma vela ou, repentinamente, punham-na com uma força sobrenatural em sua cabeça e causavam-lhe assim o constante problema de se livrar desse empecilho. De chofre, o homem influente sentiu alguém agarrá-lo, com bastante vigor, pela gola. Virando-se para trás, avistou um homem de pequena estatura, vestindo um velho uniforme surrado, e não sem pavor reconheceu nele Akáki Akákievitch. O rosto do servidor estava branco como a neve e parecia absolutamente morto. Mas o pavor do homem influente ultrapassou todos os limites quando ele viu a boca do finado entortar-se e, exalando o medonho cheiro do túmulo, pronunciar as palavras seguintes: "Ah, eis-te aí, finalmente! Enfim te peguei... por aquilo ali... pela gola! É do teu capote que estou precisando! Não me ajudaste a encontrar o meu e, ainda por cima, fizeste aquela censura, então me dá agora o teu capote!" O coitado homem influente quase morreu de susto. Por mais que mostrasse o seu caráter no escritório e perante os inferiores em geral, embora todos dissessem, ao ver o semblante viril e a postura dele: "Eta, que caráter!", ele sentiu, a exemplo de muitos outros covardes de aparência valente, tamanho medo que até começou a temer, não sem justa causa, que alguma crise mórbida o acometesse. Não demorou em tirar, ele próprio, o capote dos ombros e gritou ao cocheiro, com uma voz alterada: "Vai para casa, tão rápido quanto puderes!" Ouvindo aquela voz usada, de ordinário, em momentos decisivos e mesmo acompanhada então de ações muito mais drásticas, o cocheiro abaixou, por via das dúvidas, sua cabeça, rolou o chicote e voou que nem uma flecha. Ao cabo de uns seis minutos e pouco, o homem influente já estava ao pé do portão do prédio onde morava. Pálido, assustado e sem o capote, veio a casa, em vez de ir visitar Carolina Ivânovna, arrastou-se até o seu quarto e passou a noite numa notável desordem, de sorte que na manhã seguinte, na hora do chá, a filha lhe disse sem rodeios: "Estás todo pálido hoje, papai". Entretanto o papai se calava, sem dizer uma só palavra a respeito daquilo que ocorrera nem contar onde ele estava e aonde queria ir. Esse acontecimento deixou-lhe uma impressão forte. Daí em diante, ele diria aos subordinados: "Como você ousa, você compreende quem está na sua frente?" bem menos frequentemente que antes e, mesmo se lançasse mão dessas palavras, seria depois de escutar o que lhe pediam. Mas o fato ainda mais marcante é que, desde aquela noite, o servidor morto cessou de aparecer em definitivo: pelo visto, o capote do general lhe servira muito bem; ao menos, não se ouvia falarem, em parte alguma, dos roubos de capotes! Muitas pessoas enérgicas e solícitas não se dispunham, aliás, a quietar-se e comentavam que o servidor morto continuava aparecendo em bairros longínquos da cidade. Com efeito, um vigilante policial de Kolomna[15] viu, com os próprios olhos, um fantasma assomar detrás de um edifício, mas, sendo meio fraquinho por natureza, a ponto de um simples leitão crescido fazê-lo cair, arrojando-se, um dia, para fora de uma casa particular e provocando a maior gargalhada dos

---

[15] Uma das partes mais importantes do centro histórico de São Petersburgo.

cocheiros que estavam reunidos naquele lugar e foram obrigados, por causa do tal escárnio, a pagar-lhe um vintém de compensação para que comprasse tabaco... pois então, sendo fraquinho, o vigilante não teve a coragem de deter o fantasma e apenas caminhou no encalço dele através da escuridão, até o fantasma olhar, de súbito, para trás, perguntar, parando: "O que é que tu queres?" e mostrar-lhe um punho tão grande que nem mesmo um ser vivo teria um punho desses. O vigilante respondeu: "Nada" e logo tomou o caminho de volta. No entanto, aquele fantasma era muito mais alto que Akáki Akákievitch, usava um enorme bigode e, dirigindo-se, aparentemente, para a ponte Obúkhov, acabou desaparecendo nas trevas noturnas.

SOBRE OS AUTORES

O maior expoente do sentimentalismo russo, Nikolai Mikháilovitch Karamzin (1766–1826) nasceu na região de Simbirsk (atualmente Uliánovsk[1]), numa família fidalga. Foi criado na fazenda de seu pai, militar reformado; estudou num colégio interno em Moscou; por algum tempo serviu na Guarda Imperial em São Petersburgo. Nos anos de 1789 e 1790 visitou a Europa, relatando suas impressões nas *Cartas de um viajante russo*, cuja publicação logo o tornou conhecido. Morando em Moscou, editou a primeira revista literária russa ("Revista moscovita": 1791–1792). Ficou muito popular graças a suas novelas sentimentais (*A*

[1] Cidade russa localizada nas margens do rio Volga; fundada como Sinbirsk (Simbirsk) em 1648, foi renomeada, em 1924, em homenagem a Vladímir Uliánov-Lênin (1870–1924), líder da Revolução comunista que lá nascera.

pobre Lisa, 1792; *Ilha de Bornholm*, 1793) e históricas (*Marfa Possádnitsa, ou A conquista de Novágorod*, 1802), foi apelidado de Sterne russo. Designado, em 1803, historiador oficial da Rússia, afastou-se das atividades meramente literárias, passando a escrever sua monumental *História do Estado Russo* (1803–1826) que lhe traria enorme prestígio: no dizer de Púchkin, "... parece que a Rússia antiga foi descoberta por Karamzin como a América por Colombo". Ao publicar, em 1818, os primeiros tomos dessa obra, foi eleito membro honorífico da Academia das Ciências da Rússia e membro titular da Academia Imperial Russa. Faleceu em São Petersburgo. Além de implantar a vertente sentimentalista nas letras russas, contribuiu para o enriquecimento de sua língua pátria, introduzindo nela diversos neologismos usados até hoje.

Considerado o criador da língua russa moderna e, de modo geral, o maior poeta russófono de todos os tempos, Alexandr Serguéievitch Púchkin (1799–1837) nasceu em Moscou. Descendente de uma família nobre (seu bisavó materno, etíope Aníbal, era um dos homens de confiança do imperador Piotr I[2]), estudou no famoso Lycée de Tsárskoie Seló[3], que formava a elite

[2] Piotr I (1672–1725), também conhecido no Ocidente como Pedro, o Grande: fundador do Império Russo que, segundo a antológica expressão de Púchkin, "abriu a janela para a Europa", construindo uma Rússia desenvolvida e poderosa.
[3] Vila Czarina (em russo), denominada, desde 1937, Púchkin: cidade nos arredores de São Petersburgo, onde se encontrava uma das residências dos monarcas russos.

do Império Russo (1811–1817). Estreou na literatura aos 15 anos de idade. Livre-pensador e autor de textos satíricos, foi exilado no Sul da Rússia (1820–1824) e na fazenda Mikháilovskoie pertencente à sua família (1824–1826). Voltando do exílio por ordem de Nikolai I,[4] que pretendia ser o "censor pessoal" do poeta, viveu em Moscou, participou da campanha militar contra a Turquia no Cáucaso (1829) e radicou-se, afinal, em São Petersburgo. Casou-se com Natália Gontcharova, reputada como a mais bela mulher da Rússia; teve quatro filhos. Foi eleito membro da Academia Russa (1833). Editou a revista literária "O contemporâneo" (1836). Além dos poemas (*Ruslan e Liudmila*, *A fonte de Bakhtchissarai*, *Ciganos*, *Poltava*, *O cavaleiro de cobre*, entre muitos outros), criou o célebre "romance em versos" *Evguêni Onêguin*, várias obras dramáticas (*Boris Godunov*, *Pequenas tragédias*) e prosaicas (*Contos de Bêlkin*, *Dubróvski*, *A dama de espadas*, *A filha do capitão*). Morto em duelo pelo aventureiro francês Georges D'Anthès, entrou na história como "o sol da poesia russa". "Púchkin é tudo o que a gente tem" — disse a respeito dele Apollon Grigóriev.[5]

Notável mestre da prosa fantástica, histórica e satírica, Nikolai Vassílievitch Gógol (1809–1852)

---

[4] Nikolai I (1796–1855): imperador russo de 1825 a 1855, cujo governo foi um dos mais despóticos e retrógrados em toda a história da Rússia.

[5] Grigóriev, Apollon Alexândrovitch (1822–1864): poeta e crítico literário russo.

nasceu na aldeia Sorótchintsi situada no interior da Ucrânia, numa família de origem ucraniana ou polonesa. Estudou no Ginásio de Ciências Superiores de Nêjin[6] (1821–1828), mudando-se a seguir para São Petersburgo. Foi servidor público e preceptor; ensinou no Instituto Patriótico[7] e na Universidade da capital russa. Seus primeiros contos (coletâneas *Noites num sítio próximo a Dikanka*, 1831–1832, e *Mírgorod*, 1835), baseados na tradição folclórica da Ucrânia, proporcionaram-lhe visibilidade nos meios literários. Com a publicação das obras posteriores, fossem peças de teatro (*Inspetor geral*, 1836; *O casório*, 1842) ou escritos de cunho social (*Diário de um louco*, 1835; *O nariz*, 1836; *O capote*, 1842), Gógol foi reconhecido como um dos escritores mais criativos e originais de sua época, dotado, na opinião de Tarás Chevtchenko,[8] "da mais profunda inteligência e do mais terno amor pelas pessoas". Decepcionado com o regime político da Rússia czarista, passou mais de uma década (1836–1848) no estrangeiro, principalmente na Itália. Nos últimos anos da vida vivenciou uma prolongada crise espiritual que o impediu de terminar a sua obra-prima grandiosa, epopeia *Almas mortas* cujo primeiro tomo veio a lume em 1842 e o segundo foi destruído pelo

---

[6] Pequena cidade ucraniana na região de Tchernígov.

[7] Instituição de ensino para mulheres que funcionou de 1822 a 1918.

[8] Chevtchenko, Tarás Grigórievitch (1814–1861): grande poeta e pintor ucraniano.

próprio autor. A personalidade misteriosa de Gógol e seu interesse por temas estranhos e sinistros tornaram-no uma verdadeira lenda da literatura russa.

Título original: Бедная Лиза, Выстрел, Метель, Вий, Шинель, Edições usadas: Николай Карамзин. Бедная Лиза. – Русская литература последней четверти XVIII века (хрестоматия). Москва, 1985; Александр Пушкин. Выстрел. Метель. — А. С. Пушкин. Собрание сочинений в десяти томах. Том 5. Москва, 1960 e Николай Гоголь. Вий. Шинель. — Н. В. Гоголь. Избранные сочинения в двух томах. Том 1. Москва, 1984.

Direção
MARTIN CLARET

Produção editorial
CAROLINA MARANI LIMA / FLÁVIA P. SILVA

Projeto gráfico e diagramação
GIOVANA GATTI LEONARDO

Direção de arte e capa
JOSÉ DUARTE T. DE CASTRO

Tradução, notas e textos de capa
OLEG ALMEIDA

Revisão
PEDRO BARALDI

Impressão e acabamento
CROMOSETE

ESTE LIVRO SEGUE O NOVO ACORDO ORTOGRÁFICO DA LÍNGUA PORTUGUESA

Dados Internacionais de Catalogação na Publicação (CIP)
(Câmara Brasileira do Livro, SP, Brasil)

Karamzin, Nikolai, 1799-1837.
Contos russos: tomo I / Nikolai Karamzin, Alexandr Púchkin, Nikolai Gógol; [traduzido por Oleg Almeida]. — São Paulo: Martin Claret, 2014. — (Coleção contos; 8)

ISBN 978-85-440-0014-4

1. Contos russos I. Púchkin, Alexandr, 1799-1837. II. Gógol, Nikolai, 1809-1852. III. Título. IV. Série.

14-04473 CDD-891.73

Índices para catálogo sistemático:
1. Contos: Literatura russa 891.73

EDITORA MARTIN CLARET LTDA.
Rua Alegrete, 62 — Bairro Sumaré — CEP: 01254-010 — São Paulo — SP
Tel.: (11) 3672-8144 — Fax: (11) 3673-7146
www.martinclaret.com.br

Impressão - 2014